Alexander Mück

Ynwas Erwachen
Ein Nexusinsel Chapter

Bibliografische Information der Deutschen Nationalbibliothek: Die
Deutsche Nationalbibliothek verzeichnet diese Publikation in der
Deutschen Nationalbibliografie; detaillierte bibliografische Daten
sind im Internet über dnb.dnb.de abrufbar.

© 2019 Mück, Alexander (2. Auflage, 2020)
Herstellung und Verlag: BoD – Books on Demand, Norderstedt

Lektorat: Sascha Rimpl – Lektorat TextFlow
Autorenbild: Christina Pichler

ISBN: 978-3-7519-3406-0

YNWAS ERWACHEN

Ein Nexusinsel Chapter

Alexander Mück

Der Autor

Bereits in jungen Jahren flüchtete Alexander Mück gern vor dem tristen Alltag, zuerst in fremde und anschließend in eigene Fantasiewelten. Im Alter von zwanzig Jahren begann er mit der Aufzeichnung loser Ideen, die im Laufe der Zeit zum einheitlichen Konzept der Nexusinseln verschmolzen. Acht Jahre später erscheint mit »Ynwas Erwachen« schließlich der erste Roman aus dem Universum der Nexusinseln.

www.alexandermueck.at

Dieses Buch widme ich jenen, die mich über kurz oder lang begleitet haben oder dies nach wie vor tun. Ob fern, ob nah, nirgends schreibt es sich so schön wie in der Mitte eures Herzens.
Es steckt ein Stück von euch allen in den Nexusinseln, und dafür möchte ich euch meinen tiefsten Dank unterbreiten!

Für Boris, der in einer freundlicheren Dimension auf mich wartet.

Die Insel des Schicksals

Prolog

Willkommen! Willkommen in der Welt der Nexus-inseln!

Was zur Hölle sind die Nexusinseln, fragt ihr euch? Nun ja, eine Hölle gibt es auch, oder zumindest etwas in der Art, aber dazu ein anderes Mal. Die Nexusinseln sind eurer Welt gar nicht mal so unähnlich, von den ganzen Unterschieden mal abgesehen natürlich. Dies beginnt bereits bei der Entstehung.

Einige Bewohner meiner Welt gehen gern davon aus, dass diese von einem Gott erschaffen wurde. Die Optimisten unter ihnen glauben sogar, dass es sich hierbei um das Werk mehrerer Götter handelt. Andere wiederum meinen, dass unsere Welt aus einer Ansammlung von Gefühlen entstand. Und sie alle haben recht, zumindest wenn man dieser Theorie Glauben schenken möchte.

Es war der Geburtstag des Gottes Wut. Eigentlich war Wut ein ganz umgänglicher Kerl, außer an Tagen, an denen er seinem Namen alle Ehre machte. Wie alt er wurde? Keine Ahnung. Die Zeit stellte immer ein enormes Problem in den Köpfen der Götter dar. Zum einen sahen sie angesichts ihrer Unsterblichkeit keinen Grund, die Tage zu zählen, zum anderen waren sie natürlich alle im multiplanetaren Geschäft tätig und hätten sich somit zuallererst auf die Zeitrechnung eines Planeten festlegen müssen. Dies führte schließlich zu folgender Einigung: Männliche Götter wurden jedes Jahr »alt«. Weibliche wurden jedes Jahr »jung«. Die Jahre hatten sie an jene des Planeten angepasst, der zur damaligen Zeit der zentral gelegenste war. Heute findet man an dieser Stelle lediglich freischwebende Gesteinsbrocken.

Es war also Wuts ältester Geburtstag, an dem die Geschichte unserer Welt ihren Anfang nehmen sollte. Während sich einige Götter Wein und Gesang hingaben, beschlossen andere, eine Runde intergalaktisches Billard zu spielen. Der Ablauf unterscheidet sich dabei ein wenig vom allgemein bekannten Pool, wobei den Herzstücken – nämlich ein paar Stöcken und einem Haufen Kugeln – auch hier eine wichtige Rolle zukommt. Die wohl gravierendste Eigenheit ist, dass es sich bei den Bällen um Planeten handelt. Diese werden allerdings nicht in Taschen, sondern gegen andere Bälle gespielt. Das mag auf manche recht grausam wirken. Die Folgen des Zusammenstoßes zweier Planeten gingen jedoch selten über ein paar Erdbeben oder kleinere Tsunamis hinaus. Alles in allem ein vertretbares Risiko aus Sicht der Götter. Immerhin hatten sie dabei einen Mordsspaß. Außerdem wäre es viel grausamer, wenn sie die Planeten in Taschen einlochen würden, denn alles, was hierfür zur Verfügung stünde, wären ein paar schwarze Löcher – und davon hätte wohl niemand etwas.

Schadenfreude und Trägheit hatten beschlossen, erst mal auszusetzen, da sie sich in der Zuschauerrolle ohnehin weitaus wohler fühlten. Das erste Duell lautete also Mitgefühl gegen Trauer.

Trauer stand kurz vor dem Sieg, konnte sich aber dennoch nicht wirklich für das Spiel begeistern. Mitgefühl kam mit der Verliererrolle erstaunlich gut zurecht. Ein letzter Stoß – eins, zwei, drei, vier Planeten vereinigten sich in einer liebevollen Kollision. Die Schreie der Planetenbewohner erklangen wie millionenfacher Beifall. Als die Kugeln langsam auseinanderdrifteten, geschah etwas Merkwürdiges. Von jeder spaltete sich eine winzig kleine Planetenessenz ab. Diese umgangssprachlich Weltensamen genannten Essenzen wurden durch ein nahe gelegenes schwarzes Loch in eine fremde Galaxie gesogen.

An diesem Punkt beginnt die Geschichte unserer Welt. Die galaktischen Strudelwinde innerhalb des schwarzen Loches hüllten die Weltensamen in ein farbenfrohes Kleid, welches gasförmig aussah, sich flüssig anfühlte und dennoch nicht nass war. Der

Nexus war geboren und mit ihm der Beginn unserer Zivilisation.

Im Gegensatz zu eurer Welt dauerte die »Schöpfung« bei uns also keine ganzen sechs Tage, sondern lediglich eine einzige Partie Billard. Ein Punkt für die Nexusinseln, würde ich sagen.

In den darauffolgenden Jahrhunderten, die sich in verschiedene Zeitalter aufsplitteten, entwickelte sich unsere Welt, wie es für Welten eben üblich war. Lebewesen traten hervor, lebten, vermehrten sich und starben schließlich.

Ebendiese Lebewesen stellen einen weiteren markanten Unterschied zwischen unseren Welten dar. So gibt es auf den Nexusinseln neben Menschen, Pflanzen, Tieren und dergleichen noch eine wesentlich größere Artenvielfalt zu bestaunen.

Grundlegend lassen sich die Bewohner der Nexusinseln in drei Sparten einteilen:

Die alten Rassen, so heißt es, sind jene, die bereits vor der Entstehung des Nexus existierten und Gerüchten zufolge innerhalb der Weltensamen mitreisten. Zu ihnen zählen die Menschen, die Elfen und die Zwerge.

Die neuen Rassen hingegen entwickelten sich erst später auf den Nexusinseln und sind auch nur hier vertreten. So stellen etwa die Kleinlinge eine

Kreuzung zwischen Menschen und Zwergen dar. Die Winzlinge entstanden durch die Vereinigung von Elfen und Zwergen. Die Kaiserlichen sind die jüngste Rasse der Nexusinseln und entstammen dem Schoß von Elfen und Menschen. Die Entstehung der Neximals konnte noch nicht ausgiebig erforscht werden, man geht jedoch von einer Verbindung zwischen Tieren und einer magischen Essenz aus. Das Ergebnis waren aufrecht gehende, etwa einen Meter große, sprechende Tiere unterschiedlicher Spezies. Ebenso ungeklärt ist die Herkunft der Trolle und einiger anderer weniger verbreiteter Rassen.

Hinzu kommt, dass ein großer Teil der Nexusinseln noch unerforscht ist und sich daher durchaus noch das eine oder andere Lebewesen verstecken könnte. Diese kahlen Flecken auf der Landkarte geben immer wieder Anlass zu Gerüchten.

Nicht wenige Bewohner glauben daher an die Existenz einer dritten, mystischen Gattung – die Ahnenwesen. Diese lassen sich wohl am ehesten mit Engeln und Dämonen aus eurer Welt vergleichen.

Ein letzter Unterschied, auf den ich eingehen möchte, ist die Zusammensetzung des Planeten. So besteht der Nexus nicht aus diversen Schichten, deren Oberfläche zum Großteil mit Wasser bedeckt ist, wie es bei eurer Erde der Fall ist. Nein, wie eingangs erwähnt, handelt es sich beim Nexus um eine farbenfrohe nebelartige Erscheinung, die weder fest noch flüssig noch gasförmig ist. Bedeckt wird unser Planet von zahlreichen schwebenden Inseln, die unterschiedlichste Gegebenheiten aufweisen: Manche sind kahle Felsen, andere sandbedeckte Wüsten, wieder andere sind beinahe gänzlich von grünen Wäldern oder tiefblauen Gewässern überzogen. Auf nicht wenigen findet man aber auch eine ganze Vielzahl verschiedenster Terrains. Einige von ihnen schwimmen sozusagen auf dem Nexus, während andere in verschiedenen Höhen darüber schweben. Sie alle teilen sich jedoch einen Namen – die Nexusinseln.

Die einzelnen Eilande waren lange Zeit voneinander isoliert, inzwischen ermöglichen jedoch Schiffe und Luftschiffe einen regen Austausch zwischen den Inseln.

Nun wisst ihr das Wichtigste über meine Welt und seid bereit, in die folgende Geschichte einzutauchen.

Die Insel des Schicksals

Immer schneller werdend, rollte die Flasche übers Unterdeck und schlängelte sich geschickt zwischen den schlafenden Körpern hindurch, bis sie schließlich mit einem dumpfen »Klonk«, gefolgt von einem schmerzerfüllten »Ahhh«, ihr Ziel erreichte. Agathyl wischte sich einige Strähnen seines Haars aus dem Gesicht und rieb sich den schmerzenden Hinterkopf. Widerwillig öffnete er seine müden Augen und schenkte der Flasche einen vielsagenden Blick. Um ihn herum war es finster. Lediglich das Schimmern des Nexus drang durch die kleinen, teilweise provisorisch verrammelten Fenster und hüllte alles in ein zart-grünes Licht.

Die ersten paar Meter bestritt Agathyl kriechend und vermied es ähnlich geschickt wie die Flasche, wenn auch nicht annähernd so graziös, die noch verbliebenen Schlafenden zu berühren. In der Mitte des Mannschaftsraums hievte er sich an einem Balken hoch und setzte die Reise aufrecht fort, was sich jedoch in keiner Weise als einfacher entpuppte. Vielmehr stellten nun die kreuz und quer gespannten Hängematten ein zusätzliches Hindernis dar. Wer Anrecht auf diese heiß begehrten Plätze hatte, entschied das Los. Es musste sich also um reinen Zufall handeln, dass lediglich Söhne und Töchter vermögender Einwohner oder gar des Bürgermeisters selbst darin lagen. Allesamt schliefen sie friedlich und wirkten sehr erholt. *Was ein dünner Stofffetzen und ein halber Meter Abstand zum Boden doch für einen Unterschied ausmachen kann,* dachte sich Agathyl. Anschließend bahnte er sich weiter seinen Weg in Richtung Oberdeck.

Auf allen vieren kroch er, immer noch etwas schlaftrunken, die Treppe hoch, stieß mit seiner Schulter die Luke auf und stand endlich im Freien. Schlagartig befreiten sich seine Lungen von der stickigen Luft, die sich im Inneren des Schiffes angesammelt hatte. Agathyl hielt inne, streckte die Arme gen Himmel, als würde er zum Jubelschrei ansetzen, und ließ sich vom strahlenden Licht des Nexus umarmen, das sich tanzend in seinen Augen spiegelte. In den siebzehn Jahren auf dieser Welt hatte er noch nie so empfunden. Ein Kribbeln breitete sich in ihm aus. Alles, was er erblickte, einschließlich seiner selbst, schien sich plötzlich an eine uralte, tief verwurzelte Harmonie zu erinnern.

Augenblicklich fühlte es sich so an, als würde nicht der Nexus sein Licht auf Agathyl werfen, vielmehr schien es so, als würde das Gefühl in seinem Bauch den Nexus dazu ermächtigen. Das Universum war freilich nicht sonderlich erfreut über Agathyls Gedankengang. Immerhin wirkte sich für gewöhnlich das Universum auf die Lebewesen aus, nicht etwa andersherum. Und so beendete eine Uneinigkeit zwischen Mensch und Universum diesen Moment. Agathyl verstand das Zeichen, näherte sich langsam der Reling und versuchte, erneut dieses Gefühl in sich zu wecken. Stunden, so schien es, lehnte er am Geländer und starrte nachdenklich in die Ferne. Bis ihn plötzlich ein vertrautes Kribbeln an den Händen wachrüttelte. Er starrte hinab auf seine lose über die Reling baumelnden Arme.

»Natürlich!«, sagte er etwas lauter als beabsichtigt. Selbst überrascht von der Kraft seines Sprachorgans, sah er sich prüfend um, ob sich irgendetwas regte.

Doch er war nach wie vor allein an Deck, und die Schnarchgeräusche drangen unverändert durch die offen stehende Luke. Er widmete sich wieder seinen Armen, die von feinen Nexusfäden umgarnt waren.

»Harmonie!   Koexistenz!   Verschmelzung!«, murmelte er.

Die darauffolgenden Gedanken formte er nicht zu Ende. Doch was es auch war, es fühlte sich richtig an. Trunken vom erneuten Gefühl der Selbstermächtigung taumelte er zum Großmast und sank langsam an ihm zu Boden. Ein Haufen aus zusammengerollten Tauen diente ihm als Kissen, und binnen weniger Minuten entschwand er in das Reich der Träume.

Es war wohl kurz vor Mittag, als Agathyl am nächsten Tag erwachte. Das sanfte Leuchten des Nexus war dem gleißenden Licht der Sonnen gewichen. Das erste Bild, das sich Agathyl an diesem Tag bot, war anders als erwartet. Er wusste nicht genau, was er sich vorgestellt hatte, jedenfalls nicht das. Es waren Füße. Viele Füße, vermehrt um ein paar Hufe, Krallen und was auch immer das dort darstellen sollte.

Es wird wohl eine Erklärung für meinen nächtlichen Umzug erfordern, dachte Agathyl und hob den Kopf, um die zu den Füßen passenden Körper besser zu erkennen. Doch zu seinem Erstaunen waren alle von ihm abgewandt. Er war sich nicht einmal sicher, ob sie ihn überhaupt bemerkt hatten. Weiter unbeachtet erhob er sich und betastete die Abdrücke der Taue in seinem Gesicht.

»Da, ich seh sie!«, rief ein Junge, der nahe der Reling auf einem Fass stand und beide Hände, zu einem Fernrohr geformt, vor sein rechtes Auge hielt.

»Was sieht er?«, fragte Agathyl einen stämmigen Troll neben ihm, während er sich gähnend streckte.

»Die Insel – Dummkopf!«, antwortete dieser forsch und verpasste Agathyl eine Kopfnuss.

Die Insel. Seine drei Tage andauernde Odyssee war vorüber. Das musste er sehen. Ungeduldig suchte er die dichte Versammlung nach Lücken ab, um sich eine bessere Sicht zu verschaffen. Kurz dachte er darüber nach, sich hinter dem abweisenden Troll vorbeizuschummeln. Als dieser ihm einen finsteren Blick zuwarf, entschied er sich jedoch für eine andere Richtung. Beide Arme zu Hilfe nehmend, schob er sich vorsichtig durch die Menge. Er bevorzugte es, nicht noch mehr wütende Blicke oder gar Handgreiflichkeiten auf sich zu ziehen. Je näher er dem Rand des Schiffes kam, desto dichter wurde die Masse. Stellenweise kroch er auf allen vieren durch einige Beinpaare, um voranzukommen. Doch nach wenigen Minuten war er schließlich an der Reling angelangt, wenn auch mit aufgeschürften Knien und durchnässt von fremdem Schweiß.

Und da war sie – Destinya, die Insel des Schicksals. Obwohl er erst wenige Umrisse erkannte, vermochte er es dennoch nicht, den Blick abzuwenden. Stück für Stück rückte die Insel näher und gab immer mehr von sich preis, bis er endlich sein neues Zuhause erblickte – den hohlen Berg.

Agathyl beobachtete, wie die Blicke seiner Schiffs-kameraden plötzlich zur Seite glitten. Neben ihnen hatte ein prächtiges Luftschiff zur Landung angesetzt. Der Korpus sank langsam herab und verschmolz sanft mit dem Nexus. *So durch die Lüfte zu gleiten, muss ein herrliches Gefühl sein,* dachte sich Agathyl und betrachtete die schwimmende Nussschale unter ihm argwöhnisch.

Kurze Zeit später legte die Nussschale namens *Maturitas* an einem der zahlreichen Stege an. Die Taue wurden befestigt, und langsam strömten die Reisenden an Land. Es herrschte ein reges Treiben auf der schmalen Landungsbrücke, doch durch Agathyls vorangegangenen Positionswechsel überquerte er diese als einer der Ersten. Der Steg knarrte gefährlich, so als drohte er jeden Moment zusammenzubrechen. Zum Glück handelte es sich dabei nur um eine leere Drohung, und Agathyl erreichte unbeschadet das Festland.

Vielleicht wollte sich der Steg auch nur ein bisschen unterhalten. »Natürlich dürft ihr auf mir herumtrampeln. Gern geschehen!«

Bereits nach wenigen Schritten an Land verwei-gerten Agathyls Beine, von der Reise ganz weich geworden, den Dienst, und er stürzte zu Boden. Seine

Hände versanken im kühlen Sand, und einige Zeit verharrte er regungslos.

Der Kopfnuss-Troll und seine zwei Kumpanen schenkten ihm noch ein schelmisches Grinsen.

»Komm schon, Nolan. Verpass ihm noch eine«, wurde der Troll von einem seiner Begleiter angestachelt.

Zu Agathyls Glück ignorierte Nolan diese Herausforderung.

Agathyl rappelte sich auf. Nachdem er seine Kleidung größtenteils vom Sand befreit hatte, folgte er den anderen zum Treffpunkt, der mit dem Wappen des Felsödlands beschildert war.

»Warten – werdet abgeholt«, rief der Kapitän der *Maturitas*.

Mit diesen kargen Worten verabschiedete er sich von der Gruppe. Agathyl war sich nicht sicher, entweder der Bart des Kapitäns hatte die Hälfte der Worte absorbiert oder der Kräuterschnaps den Großteil seines Sprachzentrums außer Kraft gesetzt. Wie dem auch sei, Alternativen zum Warten waren rar gesät.

Der Strand war durch einen hohen Naturwall vom Rest der Insel abgeschnitten. Lediglich ein rundes hölzernes Tor schien ihnen Einlass zu gewähren. Es ähnelte dem Boden eines überdimensionalen Fasses und war natürlich verschlossen. Dieser Umstand wurde im Abstand von etwa zwei Minuten von den unterschiedlichsten Ankömmlingen überprüft.

Fortwährend füllten sich die Stege mit Schiffen und Luftschiffen. Die Neuankömmlinge versammelten sich bei den jeweiligen Wappen ihrer Heimatinsel, welche ohne nennenswerte Ordnung wild über den Strand verteilt waren. Während sich beim Wappen der Tautropeninsel hauptsächlich Neximals eingefunden hatten, tummelten sich rund um den Treffpunkt für die kaiserliche Insel größtenteils Abkömmlinge der Kaiserlichen, der Elfen und der Menschen. Als sich auch diese ausreichend gelangweilt hatten, öffnete sich endlich das Tor.

Drei in weite Umhänge gehüllte Gestalten traten hindurch und winkten die aufgeregten Leute zu sich. Doch nur zögerlich näherten sich vereinzelte Personen dem Tor. Und wer konnte es ihnen verübeln? Schließlich sah ihr Begrüßungskomitee eher danach aus, als würde man sie zum nächsten Opferaltar anstatt zu ihrer zukünftigen Ausbildungsstätte geleiten.

Ein simples »Nur keine Angst, kommt näher« aus dem Mund der Zwielichtigen fegte sämtliche Bedenken hinweg. Denn so etwas könnte jemand mit anstößigen Absichten doch nie von sich geben.

Verwirrt von der Gutgläubigkeit der meisten seiner Kollegen folgte Agathyl diesen durch das Tor und den dahinterliegenden Tunnel.

Einige mit Nexuskristallen bestückte Wandhalterungen dienten der Beleuchtung des Gewölbes, wenngleich das Ende des Tunnels die größte Lichtquelle darstellte. Obwohl das Ende nicht sonderlich fern war, rückte es doch nur stückchenweise näher. Die Enge des Tunnels führte dazu, dass sie sich nur mit winzigen Schritten und im Gänsemarsch fortbewegen konnten. Wie an den Beinen zusammengebundene Kriegsgefangene setzten sie einen Fuß vor den anderen.

Irgendwie schien bisher alles eng gewesen zu sein. Enger Schlafplatz, enge Landungsbrücke, enger Steg, ein enger Tunnel und nicht zu vergessen der enge Geldbeutel, der Agathyl bereits ein Leben lang begleitete. Doch so unverständlich erschien ihm das gar nicht. Denn wie seine Mutter bereits in frühen Jahren gepredigt hatte – der Weg zum Erfolg sei ein äußerst enger. Und steinig wäre er auch, fügte sie zumeist noch als zusätzliche Ermutigung hinzu. Als er mit dem Verknüpfen alter Gedanken fertig war, fand er sich am Ende des Tunnels wieder. Dahinter schien es keineswegs eng zu sein.

Das güldene Dorf

Auf dem Platz, der sich nun zu erkennen gab, formte sich ein Haufen, der sich, nicht bloß aufgrund der Speziesvielfalt, als durchaus bunt beschreiben ließ. Die etwas Bessergestellten kleideten sich in bisher unerforschte Farben. Agathyl hielt sich gemeinsam mit vielen anderen an den für Arme üblichen Dresscode – eine Mischung aus Braun und Grau. Die außerordentlich Reichen hüllten sich ebenfalls in diese Farben, vermutlich, um nicht weiter aufzufallen. Die feine und detailreiche Verarbeitung der Kleidung verriet jedoch ihren wahren Stand.

Als die Versammlung schließlich in perfekter Eierform ihre Vollendung fand, ergriff eine der unheimlichen Gestalten das Wort.

»Willkommen auf der Insel des Schicksals!«, begann sie und befreite ihr Gesicht von der Kapuze.

Darunter verbarg sich eine Elfendame mit weißem Haar. Die anderen taten es ihr gleich, und das Gefühl des Unbehagens innerhalb der Gruppe löste sich nun gänzlich auf.

»Ihr befindet euch im Dorf der Ankunft«, fuhr die Elfe mit dem Ansatz eines Lächelns fort. »Von den hier Ansässigen auch gern das güldene Dorf genannt.

Bitte beachtet, dass nach diesem Ort keine weitere Möglichkeit besteht, Waren mit euren Münzen zu erwerben. Im Dorf gibt es viele Lokalitäten, die sich auf euren Besuch freuen. Euer verbliebenes Geld wird ausnahmslos bei der Ankunft am hohlen Berg eingesammelt und als großzügige Spende an die Einrichtungen der Insel angesehen. Morgen früh werden wir gemeinsam die Reise zum hohlen Berg bestreiten. Für die heutige Nacht wurde ein Zeltlager hinter dem Dorf aufgebaut. Bitte seht euch rechtzeitig nach einem Platz um.« Sie klang, als hätte sie die Worte schon ein paarmal zu oft von sich gegeben, und verabschiedete sich mit einem kurzen Wink ihres nach wie vor verhüllten Armes.

Rund um den Platz waren Häuser unterschiedlichster Architektur aufgereiht. Dies war ohne Frage auf die Herkunft der Bewohner und deren speziesspezifische Bedürfnisse zurückzuführen. Es gab kalte Gebäude aus moosbewachsenen Gesteinsbrocken, wie Agathyl sie von seiner Heimat kannte. Auf Stelzen gebaute Holzhäuser, die von einem Strohdach geschützt wurden. Hier und da fanden sich Hütten aus lehmiger Erde, welche zumeist dicht bewachsen waren, um den Wänden durch die Verwurzelung besseren Halt zu gewähren. Agathyl konnte sogar ein Haus ausmachen, das gänzlich ohne Wände auskam.

Es handelte sich dabei nur um einige Pfosten, die mit einem Dach versehen waren und wohl den besonders Freiheitsliebenden Unterschlupf boten. Darunter sah alles aus wie gewohnt, jedoch war das, was einer Wand am nächsten kam, der über der Badewanne befestigte Duschvorhang. Der Großteil der Häuser ähnelte hingegen der Baukunst der kaiserlichen Stadt: gleichmäßig übereinandergestapelte Steinziegel mit fein säuberlichen Fugen aneinandergepresst.

So gern Agathyl jedes Haus näher betrachtet hätte, er hatte ein dringendes, nicht aufschiebbares Geschäft zu erledigen, und dann würde er sich hoffentlich eine ordentliche Mahlzeit besorgen. Die breiartige Speise, welche ihm die letzten Tage vorgesetzt worden war, hatte je nach Tagesverfassung des Kochs entweder nach Fisch, Schnaps oder nichts geschmeckt. Dieser Fraß konnte gar nicht schnell genug aus seinem Körper entfliehen und durch eine lokale Spezialität ersetzt werden. Einige Minuten später trat er aus einem kleinen Holzhäuschen, das zum Glück sowohl über eine Tür mit Herzausschnitt, massive Wände als auch einen Strauß duftender Blumen verfügte. Letzterer hatte während Agathyls Besuch seinen Lebenswillen eingebüßt und sollte schleunigst vom örtlichen Gärtner ausgetauscht werden.

Von der neu gewonnenen Leichtigkeit ganz beflügelt, fiel es ihm nicht sonderlich schwer, den nächstgelegenen Nahrungsspezialisten ausfindig zu machen. Es handelte sich dabei um einen Mann in einem zur Seite geöffneten Wagen, der nicht viel größer war als die letzte Ruhestätte des Blumenstraußes. Agathyls Blick wanderte über die mit diversen Köstlichkeiten belegte Theke. Da waren Küchlein, duftende Brötchen, fein aufgeschnittenes Rauchfleisch, würziger Käse, glänzende Äpfel und vieles mehr.

Sein Blick erstarrte und mit ihm sein Herz. Seitlich war eine mit Kreide beschriftete Tafel angebracht, welche die Preise offenlegte.

»Fünf Kupferlinge für ein belegtes Brötchen?«, brach es aus Agathyl heraus.

»Ein belegtes Brötchen? Kommt sofort«, entgegnete der Wirt freundlich.

»Nein!«, fuhr ihn Agathyl an.

Nun war es an dem Wirt zu erstarren.

»Nein«, wiederholte Agathyl, die Augen auf den Geldbeutel in seiner Hand gerichtet.

Fünf Kupferlinge waren mehr als das Doppelte von dem, was er daheim bezahlt hätte. Hinzu kam, dass er lediglich sieben Kupferlinge bei sich trug. Was wäre, wenn ihn das Brötchen nicht ausreichend sättigte oder er Durst bekäme?

Zwischenzeitlich hatte der Wirt sich wieder entspannt. »Verstehe«, sagte er und schenkte Agathyl ein mit Mitleid behaftetes Lächeln. »Warum setzt du dich nicht kurz?« Der Wirt verwies auf einen Felsen neben dem Wagen.

Aus dem Stein waren grob einige Sitzmöglichkeiten herausgemeißelt worden. Die Bequemlichkeit dieser entsprach jener von modernen, ergonomisch geformten Stühlen, die dem Kunden meist absurde Kaufargumente, wie eine gesündere Körperhaltung, vorgaukelten.

Als Agathyl endlich eine angenehme Möglichkeit gefunden hatte, darauf Platz zu nehmen, trat der Wirt am hinteren Ende aus dem Wagen. Er überreichte Agathyl eine braune Papiertüte.

»Nicht weitersagen, üblicherweise nehme ich einen Silberling dafür«, meinte der Wirt freundlich. Anschließend fügte er noch den Versuch eines Zwinkerns hinzu, der jedoch eher wie eine seltene Augenkrankheit wirkte.

Ein Silberling entsprach siebzehneinhalb Kupferlingen. Dies war zurückzuführen auf die Währungsberechnung eines siebenköpfigen Mathematikerkollektivs.

Im Laufe der Zeit hatte man sich jedoch darauf geeinigt, einen Silberling mit achtzehn Kupferlingen umzurechnen. Denn halbe Kupferlinge gab es nicht und dieser Spielraum führte zu fatalen Uneinigkeiten innerhalb der Wirtschaft. Und wie die Wirtschaft immer wieder gern betonte, war sie quasi für das Wohl der gesamten Nexusinseln verantwortlich.

So erhielt man lediglich Waren im Wert von siebzehn Kupferlingen für einen Silberling. Hatte man jedoch keinen Silberling parat, waren plötzlich achtzehn Kupferlinge für den Einkauf fällig. Das Mathematikerkollektiv hatte des Weiteren beschlossen, dass achtundzwanzig Silberlinge einer Goldmünze und vierundneunzig Goldmünzen einem Goldbarren entsprachen.

Auch die Goldbarren stießen auf große Missbilligung. Nicht etwa, weil sie keiner haben wollte. Nein, vielmehr weil jene, die tatsächlich Goldbarren besaßen, nicht gewillt waren, diese zu tragen. Die meisten behaupteten, es erschien ihnen zu protzig und gefährlich obendrein, mit den Händen voller Goldbarren durch die Straßen zu laufen. Einige waren jedoch ehrlich und gaben zu, dass ihnen das Gewicht der Barren den Spaß an den ausgiebigen Einkäufen vermieste. Diese untragbare Last führte dazu, dass die armen Reichen all ihre Kreativität in einen Topf warfen, um ihrem Leid ein Ende zu setzen.

Und heraus kamen Steine. Ja, Steine. Diese waren zwar gänzlich ohne Wert von den Göttern erschaffen worden, ein eingeritztes Familienwappen verwandelte sie jedoch zum wertvollsten Gegenstand in jeder Börse. Sie entsprachen im Prinzip einer einfachen Form der Schuldverschreibung. Der Stein befugte dessen Besitzer dazu, bei der Familie, deren Wappen dieser trug, einen Goldbarren einzufordern.

Agathyl entfaltete die Tüte und platzierte den Inhalt vorsichtig auf seinen Oberschenkeln. Da waren zwei belegte Brötchen, eines der Küchlein und ein Apfel. Am Boden der Tüte erwartete ihn eine gelbe Frucht mit lila Zacken, die er nicht näher einordnen konnte. Ein köstlicher Duft versetzte ihn augenblicklich in einen rauschähnlichen Zustand.

Er presste noch schnell ein »Danke!« heraus, wobei sich das »-ke!« den Mund bereits mit einem Bissen des Brötchens teilte.

Der Wirt lächelte kurz und begann unaufgefordert zu erzählen: »Weißt du, mir erging es einst wie dir. Kam hier an, kaum vier Kupferlinge in der Tasche, und jetzt schau nur, was ich mir bis heute alles erarbeiten konnte.« Er verwies auf den Wagen.

Erst jetzt erkannte Agathyl das herunterklappbare Bett an der hinteren Wand des mobilen Wirtshauses. Er begriff, dass der Wagen anscheinend sämtliche

Besitztümer des Wirtes darstellte. Aber dieser schien glücklich mit seinem Besitz, und so verspürte auch Agathyl ein wohliges Gefühl. Ehe der junge Neuankömmling etwas dazu sagen konnte, trotteten einige Jugendliche auf den Wagen zu, und der Wirt verschwand schnell wieder hinter seinem Tresen.

Agathyl verputzte das erste Brötchen und schob anschließend das Küchlein zur Gänze in seinen Mund. Dann faltete er die Tüte wieder fein säuberlich zusammen und quälte sich mühevoll auf. Er legte dem Wirt unbemerkt die sieben Kupferlinge auf die Theke und zog seiner Wege.

Die Wegbeschreibung der verhüllten Gestalt war zutreffend gewesen, wenn auch nicht sonderlich detailliert. Das Zeltlager lag durchaus hinter dem Dorf. Sie hatte nur vergessen, den fünf Meilen langen Weg dazwischen zu erwähnen.

Als Agathyl seinen ausgiebigen Verdauungsmarsch beendet hatte, dämmerte es bereits. Die Zelte waren in regelmäßigen Abständen voneinander aufgebaut und boten jeweils vier Ankömmlingen einen Schlafplatz. Es erinnerte mehr an das Lager eines stehenden Heeres. Eine kleine Laterne über dem Eingang eines jeden Zeltes gab Auskunft über den momentanen Status der Bettenbelegung. Darin befand sich ein

Nexuskristall, der mit irgendeinem Zauber belegt worden war und somit bei freien Betten grün und bei voller Belegung rot glühte.

Agathyl verstand nun auch die Aussage der verhüllten Elfendame: »Seht euch bitte rechtzeitig nach einem Platz um.«

Gleich beim ersten grünen Licht hatten sie anscheinend das Schild mit der Aufschrift »Vorsicht: Es könnte Kopfnüsse regnen« vergessen. Zum Glück gelang es Agathyl, die Zeltwand rechtzeitig wieder zu verschließen, bevor ihn seine neueste Trollbekanntschaft erneut mit Spott und liebevollen Schlägen auf den Kopf willkommen hieß.

Bei seinem zweiten Versuch erntete er nur abwertende Blicke.

Beim dritten Zelt legte sich ein stämmiges Mädchen über die verbleibenden zwei Betten und fügte ein knappes »Besetzt!« an.

Etwas weiter entfernt erkannte Agathyl ein viertes grünes Lämpchen. Er betrat das Zelt, welches von einem Mädchen und einem Jungen bewohnt wurde, von den Betten war jedoch nur eines belegt.

»Ein rotes Licht wäre angebrachter gewesen«, murmelte Agathyl und schritt rückwärts wieder aus dem Zelt hinaus, die Augen fest zugepresst.

Er öffnete sie gerade rechtzeitig, um auch die verbliebenen grünen Kristalle erlöschen zu sehen. Ein Gefühl des Unbehagens breitete sich in ihm aus. Nicht dass er sich bis jetzt besonders wohlgefühlt hätte, nun war es einfach noch ein wenig schlimmer geworden. Während sein vorangegangener Zustand eher dem eines gemütlichen Waldspaziergangs in Begleitung eines Rudels hungriger Wölfe geglichen hatte, fühlte er sich jetzt, als hätte man ihm gerade mitgeteilt, dass ein zweiwöchiges Familienfest anstehe und er sich derweil mit seiner Großmutter das Bett teilen müsse.

Kopfschüttelnd verdrängte er den grausamen Gedanken an Familienfeste aus seinem Kopf und fand sich schließlich im Zeltlager wieder. Er drehte sich einige Male im Kreis, verzweifelt auf der Suche nach einem entfernten grünen Schimmern. Und da, bei der gefühlt fünfzehnten Umdrehung fand er es. Trotz des überhandnehmenden Schwindelgefühls erkannte er in der Ferne einen hoffnungsvollen grünen Schimmer. Es lag etwas höher als die anderen Lichter, und ›entfernt‹ war eine nicht ganz treffende Beschreibung. Vielmehr war es verwunderlich, dass das Lämpchen aufgrund seiner Entfernung nicht bereits der Planetenkrümmung zum Opfer gefallen war. Da es jedoch an Alternativen mangelte, warf Agathyl seinen Beinen

einen motivierenden Blick zu und setzte sich in Bewegung.

Agathyl staunte, als anstelle eines Zeltes ein Turm mit zwei Spitzen vor ihm emporragte. Ganz oben an einer der beiden Aussichtsplattformen flackerte das grüne Lämpchen. Eine Reihe unaussprechlicher Flüche brach aus dem erschöpften Jungen heraus, als er am Fuß der Treppe stand. Das fragwürdige Vokabular ist ferner der Grund, weshalb der Autor auf eine ausführliche Beschreibung der Turmbesteigung verzichtet.

Das grüne Licht glühte nur noch äußerst schwach, als sich Agathyl endlich an der steinernen Begrenzungsmauer der rechten Turmspitze abstützte. Dies war auf einen besonders ausgeklügelten Zauber zurückzuführen, wie die Magiergilde immer gern betonte. Dieses Betonen artete zumeist in einen mindestens dreißigminütigen Vortrag aus. Die Kurzfassung lautet: Es gibt einen Zauber, genannt »Das personalisierte Leuchten«, der dazu führt, dass sich die Leuchtkraft der Lampe für jeden Betrachter unterschiedlich darstellt, abhängig von dessen Entfernung und momentaner Gemütslage.

Aus Büchern und Erzählungen in seiner Heimat kannte Agathyl bereits die meisten Orte auf der Insel des Schicksals. Hier, auf diesem alles überragenden

Turm, überblickte er jedoch erstmals mit eigenen Augen die gesamte Insel. Auch wenn die nächtliche Dunkelheit sein Sehvermögen eingrenzte, sah er das inzwischen überraschend kleine Dorf der Ankunft und das überfüllte Zeltlager, umrundet von weiten Wiesen und Feldern. Hier und da standen vereinzelte Hütten. Und da, in beinahe unerträglicher Ferne, erkannte er den hohlen Berg. Dieser warf sein Spiegelbild bedrohlich auf die Oberfläche des Wasserflaschensees.

»Schon seltsam, hmm?«, ertönte eine tiefe Stimme.

Agathyl wirbelte herum. Am gegenüberliegenden Ende der Aussichtsplattform erblickte er die Umrisse einer dicklichen Gestalt, die gerade dabei war, sich eine Pfeife zu stopfen. Der Körperbau erinnerte Agathyl zuerst an einen Zwerg. Doch als er näher trat, ließ das dichte Fell keinerlei Zweifel offen, dass vor ihm ein Neximal stand. Ein Hamster-Neximal, um genau zu sein.

»Sie schicken uns hier auf diese Insel, um unser Schicksal zu finden«, sagte er und warf sich seinen viel zu langen Schal über die Schulter. »Um uns entfalten zu können. Und dann quartieren sie uns in einem Berg ein, der wohl mehr einem Gefängnis ähnelt als einem Ort der Freiheit und der Entfaltung.«

Agathyl betrachtete den hohlen Berg noch mal genau und stellte fest, dass dieser durchaus eine gewisse Kälte ausstrahlte. Er wandte sich wieder dem flauschigen Unbekannten zu, der sich inzwischen die Pfeife angesteckt hatte. Der Qualm bahnte sich seinen Weg in den dunklen Nachthimmel, bis er sich langsam auflöste. Es sah richtig bequem aus, wie der rundliche Neximal da an der Wand lehnte, die einen wohl vor ungewollten Abstiegen schützen sollte. Agathyl dachte kurz darüber nach, sich dazuzusetzen, doch just in diesem Moment raffte sich das rauchende Fellknäuel auf, klopfte sich kurz mit der Hand gegen den Hosenboden und reichte ihm diese zum Gruß.

»Adam, freut mich!«, stellte er sich vor, als ihm Agathyl seinerseits die Hand reichte und sich ebenfalls vorstellte.

Nach einem peinlichen, tief in der Psyche verankerten Moment des Schweigens nahmen die beiden schließlich gemeinsam Platz.

»Ob sie uns morgen im hohlen Berg auch in eine entfernte Turmspitze ausquartieren?«, fragte Agathyl im scherzhaften Ton.

»Um ehrlich zu sein, bin ich freiwillig hier oben«, entgegnete Adam. Die Glut der Pfeife verlieh seinem Fell einen düsteren orangen Farbton. »Die Aussicht hilft mir irgendwie, die Welt als das zu sehen, was sie ist – ein riesiges Spielfeld, auf dem wir unsere Figuren Zug um Zug vorwärtsbewegen.«

Agathyl verstand nicht so recht, was der Neximal-Philosoph mit dieser Aussage beabsichtigte, doch es fühlte sich stimmig an, und so nickte er kurz.

Die beiden tauschten noch stundenlang Geschichten über ihre Heimat und ihre Familien aus, bevor sie zusammengekauert auf dem kalten Stein einschliefen.

»Noch zwei Stunden«, schallte es vom vorderen Ende der Karawane, die sich langsam dem hohlen Berg näherte. Eigentlich gab es ja eine Loren-Verbindung aus alten Bergbauzeiten, die eine recht flotte Reise zwischen dem Dorf der Ankunft und dem hohlen Berg ermöglichte. Doch irgendein kluger Mann sagte einst, dass du nur an Orten, die du auch zu Fuß besucht hast, tatsächlich gewesen bist. Agathyl hätte diesem Mann nun gern mit der Faust ins Gesicht geschlagen. Da es fatal wäre, wenn sich der Nachwuchs seinem Schicksal stellen würde, ohne auch wirklich vor Ort zu sein, hatte man sich für diese einmalige Tortur namens Ankunftswanderung entschieden. Zugegeben, es war nicht sonderlich motivierend, entlang der Gleise zu spazieren und vorbeikommende Passagiere der Hochgeschwindigkeits-Lore dabei zu beobachten, wie sie vor lauter Spaß die Hände in die Lüfte warfen. Die Reise bot jedoch auch Vorteile. So vermochten es die müden Wanderer, die vielfältige Landschaft der Insel des Schicksals zu genießen und kleinere Erkundungstouren zu unternehmen.

Der Pfad der Gilden

Hunderte Banner zierten die sonst so kahlen Felswände der Eingangshalle. Beleuchtet von zahlreichen Fackeln und Nexuskristallen erstrahlten sie in einer unvorstellbaren Variation von Farben. Jedes einzelne Banner repräsentierte ein Jahr. Zusätzlich zu dessen numerischen Wert erhielt nämlich jedes Jahr am letzten seiner Tage einen Namen und ein dazugehöriges Wappen. Einige Jahre zeigten sich äußerst dankbar für dieses Geschenk, andere wussten ihre Freude hingegen gut zu verbergen. Dies war die Geburtsstunde der Horoskopia, einer mächtigen gestaltlosen Vermittlerin zwischen den Jahren und ihren Namensgebern. Mittels eigenartiger Sternenkonstellationen teilte sie die Anliegen der unglücklichen Namensträger mit. So kam es, dass etwa das Jahr des Selbstmordes fortan den Titel »Jahr des Freitodes« und das Wappen eines grinsenden Gehängten tragen durfte.

Die Halle füllte sich unaufhörlich mit neuen Ankömmlingen. Dies geschah vorwiegend auf Kosten der Bewegungsfreiheit und des Sauerstoffgehaltes innerhalb des Berges. Hunderte von Beinen schmeichelten dem hölzernen Boden, und irgendwo mittendrin versuchten die von Agathyl, ihren Platz zu behaupten.

»Seid ihr bereit, eurem Schicksal entgegenzutreten?«, meinte jemand weit im Inneren der Halle, als der Boden bereits mit zwei Fußschichten belegt war.

Die offensichtlich rhetorische Frage wurde vom Publikum nicht als solche aufgefasst. Stattdessen führte sie unverzüglich zu einem ohrenbetäubenden Murmeln, das die Wortzufuhr vom Rednerpult zu den hinteren Reihen schlagartig kappte.

Agathyl verspürte gemäßigte Platzangst, vermengt mit einem Anflug von Langeweile. Er hielt daher Ausschau – entweder nach einem nahe gelegenen Ausgang oder aber nach einer Quelle der Unterhaltung. Nachdem ihm beides verwehrt wurde, wandte er sich wieder dem Rednerpult zu und nickte in regelmäßigen Abständen, ohne auch nur ein Wort der Ansprache verstanden zu haben. Er hatte endlich einen angenehmen Rhythmus des Nickens verinnerlicht, da peitschte ihm plötzlich ein Büschel Haare ins Gesicht.

Jetzt reicht es!, dachte er und pickte einige Strähnen von seiner Zunge.

Doch als er den Mund von der unwillkommenen Zwischenmahlzeit befreit hatte und gerade zu einem wütenden Schrei ansetzen wollte, sah er sie. Zehn rundliche Finger, die einen feuerroten Haarzopf zu einem Knödel formten und an einem Zwergenhinterkopf zurechtrückten.

Etwas geschah, denn Stille kehrte ein. Späteren Berichten aus der ersten Reihe zufolge waren es die Worte »Ich komme zum Ende meiner Rede«, die den Tumult unterbunden hatten. »Ihr werdet euch nun auf den Pfad der Gilden begeben«, fuhr der Redner fort, und obwohl die Worte klar verständlich durch den Raum hallten, schienen sie gänzlich an Agathyl vorbeizuziehen. Er starrte wie gebannt auf den umgestalteten Hinterkopf vor ihm.

Erneut brach Lärm aus, gefolgt von einem hektischen Schieben und Drängen. Ehe er sich versah, fand sich Agathyl meterweit entfernt von der feindlichen Haarpracht wieder. Mit aller Kraft versuchte er, zu ihr zurückzugelangen, doch mit jedem Schritt, den er sich vorwärts kämpfte, wurde er wieder drei Schritte zurückgedrängt. Er wollte ihr einfach nur mitteilen, dass es nicht okay sei, jedem Dahergelaufenen seine Haare ins Maul zu stopfen. Verzweifelt sah er dem immer weiter abdriftenden Kopf hinterher, der plötzlich ein mit Sommersprossen beflecktes Profil offenbarte. Zwei dunkle Knopfaugen blitzten auf, bevor Agathyl gewaltsam an der Schulter gepackt und zurückgezogen wurde. Als er den Blick wieder hob, war die Zwergin verschwunden, und mit ihr die Wut, welche den jungen Neuankömmling in den Bann gezogen hatte.

Agathyls Blick folgte nun dem Arm auf seiner Schulter. Er kannte das Gesicht. Es gehörte zu einem hochgewachsenen Elfen mit ebenholzschwarzem Haar, der zu den außerordentlich Reichen gehörte, die sich absichtlich in schlichte Farben hüllten.

»Wir müssen auf diese Seite!«, schrie der Elfen-Pseudobettler und verwies auf einen mit Vorhängen abgetrennten Bereich.

Er zerrte den verträumten Jungen fortwährend ihrem Ziel entgegen. Rauer Stoff glitt über Agathyls Gesicht, doch dies war bei Weitem nicht das Unangenehmste. Auf der anderen Seite des Vorhangs herrschte erneut reges Treiben. Es wimmelte von Jungen, um genau zu sein. Und allesamt waren sie nackt.

Ein entblößtes Fellknäuel rannte erzürnt umher. Es war Adam, der wie wild an einer Seite seines Schals zog. Erst jetzt erkannte Agathyl, dass es sich hierbei eigentlich um ein Handtuch handelte. Er eilte dem verzweifelten Neximal zu Hilfe. Doch kurz bevor er ihn erreichte, entglitt diesem das Handtuch, und er landete unsanft auf seinem behaarten Hinterteil.

Tränen fluteten Adams Augen, als Agathyl ihn hochhievte.

»Komm schon, ist doch nur ein Handtuch«, tröstete Agathyl ihn.

»Das ist nicht irgendein Handtuch!«, schrie Adam, während er sich die Tränen weiter ins Fell wischte. »Das ist das Einzige, was mir von meinem Onkel geblieben ist.«

Die beiden drängelten sich zu einer ruhigeren Ecke durch, wo Adam seine Geschichte zur Gänze offenbarte.

»Onkel Dougal war einst ein berühmter Weltenbummler und das Handtuch sein Talisman und ständiger Begleiter. Man sagt, er habe nicht nur die Nexusinseln, sondern vielmehr das gesamte Universum erkundet. Kurz vor seinem Ableben vermachte er mir das Handtuch und versicherte, dass es mich vor jeglichem Unheil schützen würde.«

Unterdessen hatte sich Agathyl, auf Anweisung eines Wachmannes hin, ebenfalls von jeglicher Kleidung befreit und diese über seine verschränkten Arme gehängt.

Da waren sie nun also, Dutzende nackte Jungen. Allesamt wartend und darauf bedacht, sich nicht auf irgendeine unredliche Art und Weise zu berühren.

Nach und nach traten sie an einen Schreibtisch heran und verschwanden anschließend durch das andere Ende des Vorhangs. Als Nächstes war Agathyl an der Reihe.

»Guten Tag, Neuankömmling. Du begibst dich nun auf den Pfad der Gilden«, meinte ein Elf in einer rostbefallenen Rüstung hinter dem Schreibtisch.

Agathyl händigte ihm seine Kleider aus.

»Ich bin mir sicher, du wirst bald deinem Schicksal begegnen«, endete der Elf mit solch einer überzeugenden Tonlage, dass man förmlich dessen Freude an seinem eigenen Schicksal fühlte.

Anders als erwartet führte der Schritt durch die Vorhangwand nicht zurück in die große Halle, sondern legte den Eingang zu einer Höhle frei.

Verwirrt wirbelte Agathyl herum. Offensichtlich handelte es sich hierbei um ein Missverständnis, das es aufzuklären galt. Doch zu Agathyls Verwunderung war der Vorhang verschwunden und einer feuchten Steinwand gewichen.

Das Gefühl, welches sich nun in ihm ausbreitete, ließe sich am besten als kontinuierlich zunehmendes Unbehagen beschreiben. Oder kurz gesagt, Agathyl hatte Panik. Diese äußerte sich vorwiegend durch das wiederholte und lang gezogene Rufen des Wortes »Hallo«. Die erhoffte Antwort blieb aus. Das erschien ihm doch recht seltsam, immerhin war bereits der eine oder andere vor ihm durch den Vorhang geschritten.

Langsam begriff Agathyl seine Lage.

»Bald wirst du deinem Schicksal begegnen«, startete er seinen höhnischen Monolog. »Allerdings sind uns die bunten Blumenwiesen gerade ausgegangen. Wir hoffen, du magst enge dunkle Stollen.« Er trat mit voller Kraft gegen einen kleinen Felsen.

Humpelnd ging er in den Tunnel. Feine Nexuskristalladern im Stein waren im wahrsten Sinne des Wortes sein einziger Hoffnungsschimmer. Vorsichtig folgte er dem Verlauf des düsteren Gangs, während sich seine Zehen bei jedem Schritt fester in den feuchten Boden krallten. Der Ablenkung halber widmete sich Agathyl immer wieder dem fortlaufenden Monolog.

»Ach ja, Junge, du wirst übrigens ewig durch einen dunklen Tunnel marschieren. Können wir dir vielleicht noch schnell eine Erfrischung anbieten? Schließlich hattest du doch eine recht anstrengende Reise. Ein Nexus-Ale vielleicht?«

»Gerne, ja.«

»Welche Sorte darf's denn sein?«

»Ich nehme die Nexusstaub-Frühlingsedition. Besten Dank.«

»So, hier, bitte. Übrigens wird der Boden auf deiner kommenden Reise verflucht kalt sein. Wie wär's mit einer kleinen Ausnahme, und du behältst einfach deine Schuhe an?«

Agathyl trat in eine Pfütze.

»Oder noch besser, wir borgen dir einfach unsere warm gefütterten, wasserdichten Stiefel.«

»Liebes Gildenkomitee, ihr seid zu gut zu mir.«

»Papperlapapp, das ist doch das Mindeste, was wir für unseren lieben Agathyl tun können.«

Einige offensichtlich mutierte, leuchtende Pilze verliehen seinem Gesicht einen rötlichen Schimmer.

»Jetzt reicht's aber. Ich werde ja schon ganz rot.«

Ehe sich Agathyl selbst einen Preis für vorbildliche Erkundung verleihen konnte, wurde er vom Ende des Tunnels überrascht.

Doch dies stellte keineswegs das Ende seiner Reise dar. Vor ihm erstreckte sich ein Wald. Jedoch nicht die Sorte Wald, die man gern für einen nachmittäglichen Spaziergang aufsuchte. Ihr wisst schon – mit Meeren aus bunten Blättern, kristallklaren Bächen und vielen kleinen fliegenden Wesen, die sich eine erbitterte Feenstaubschlacht liefern. Nein, der Wald glich vielmehr dem Abbild dessen, was Dante Aldente in seiner äußerst detaillierten Beschreibung der Hölle schilderte. Unheimliche Astverzweigungen, die Furcht einflößende Schatten warfen. Wurzelstolperfallen, die schon beim bloßen Anblicken dazu einluden, sich freiwillig auf den Boden zu werfen. Der heulende Wind, der die Schreie Tausender verlorener Seelen mit sich trug. Und als ob das alles noch nicht genug wäre, war da auch noch diese tiefe Stimme, die unentwegt Agathyls Namen rief.

»Ein dunkler Wald? Etwas Besseres fällt euch wohl nicht ein!«, schrie Agathyl, während er sich aufmachte, der Stimme zu folgen.

Die Schatten der Bäume zeichneten Geschichten auf den Boden, die man seinen Kindern besser nicht vor dem Einschlafen erzählte. Da waren messerschwingende Verrückte, brüllende Ungeheuer, wandelnde Leichen und weitere furchterregende Gestalten, die nicht einmal Agathyls blühende Fantasie zu betiteln vermochte.

Als sich die Geschichten zu wiederholen schienen, erhob Agathyl den Blick und konnte beobachten, wie sich das wohl letzte Blatt des sonst so kahlen Waldes von seinem nährenden Ast losriss und langsam herabsegelte.

Die Angst gewann an Größe und ebenso Agathyls Schritte. Die darauffolgende Strecke legte den Grundstein für die später äußerst beliebte Sportart namens Wurzelparcoursprint. Er lief so lange, bis sich – wie konnte es anders sein? – der Weg gabelte. Am Baum in der Mitte der Gabelung baumelte ein Gehängter.

»Verzeihung, Sir, könnten Sie mir den Weg weisen?«, fragte Agathyl scherzhaft und staunte nicht schlecht, als sich plötzlich der rechte Arm des Skeletts streckte.

Agathyl schlug den anderen Weg ein. Wie glaubwürdig vermochte die Aussage eines gehängten Knochenmanns schon sein?

Helles Licht blitzte auf, kurz wurde es dunkel, und anschließend fand sich Agathyl in einem bequemen Stuhl wieder. Ihm gegenüber war ein mit Gerümpel befüllter Schreibtisch und ein leerer Stuhl, hinter ihm der Vorhang, durch den er vor gefühlten fünf Stunden geschritten war.

Ein dickes Büchlein klatschte auf den vollgerammelten Schreibtisch. Ähnlich lautstark ließ sich ein hochgewachsener, dürrer Mann in den Sessel dahinter fallen. Seine charakteristischen Ohren verrieten, dass er dem Volk der Kaiserlichen angehörte, die nicht unbedingt für ihre gute Laune bekannt waren.

»So, Herr – Agathyl Nabuse?«, murrte er, ohne aufzublicken.

Agathyl nickte, wissend, dass ihn sein Gegenüber nicht sehen konnte.

Der Kaiserliche öffnete nun das Buch, das Agathyls Namen trug. Seine Augen huschten blitzschnell über die Zeilen. Kurz darauf hob er erstmals den Blick und musterte Agathyl, teils misstrauisch, teils angewidert.

»In-ter-essant«, erklang es lang gezogen von seinen Lippen. »Also, warum hast du gegen den Stein getreten?« Der Mann zog eine Augenbraue hoch.

»Stein? Ach so, ja, Stein«, stotterte Agathyl.

»Neigt zu Wutausbrüchen«, schnitt ihm der Kaiserliche das Wort ab und kritzelte etwas in das Büchlein.

»Hey, Moment mal«, warf Agathyl ein und schlug kräftig auf den Tisch, woraufhin der Mann bestätigend nickte.

»Warum hast du dir Sorgen um das herabfallende Blatt gemacht?«, fuhr dieser mit dem Verhör fort.

Agathyl öffnete den Mund, doch eine flinke Handbewegung brachte ihn zum Schweigen.

»Beunruhigendes Mitgefühl für nicht-humanoide Lebensformen«, notierte der Kaiserliche. »Warum hast du nicht auf den Gehängten gehört, als er dir den Weg zeigte?«

»Auf das Skelett?«, hakte Agathyl nach und wurde abermals ignoriert.

»Autoritätsproblem«, flüsterte der Mann vor sich hin und unterstrich die Notiz zweimal mit lautem Federkratzen.

»Jetzt hören Sie mir mal zu!«, brach es aus Agathyl, vor Autoritätsproblemen strotzend, hervor. »Zeit, dass ich Ihnen ein paar Fragen stelle!«

Sein Gegenüber blieb unbeeindruckt.

»Was soll all das hier? Was war das für ein furchtbarer Weg hierher? Woher wissen Sie all die Einzelheiten? Wie bitte gelangten diese so schnell in dieses verdammte Buch? Und warum sitze ich hier nach wie vor nackt herum?« Agathyl schnappte nach Luft.

Der Mann streckte seinen Rücken und wirkte dadurch noch monströser, anschließend antwortete er jedoch in einer ungewohnt freundlichen Tonlage: »Du warst soeben auf deinem eigenen Pfad der Gilden, für dessen Inhalt lediglich du verantwortlich bist. Woher wir Bescheid wissen? Sagen wir einfach, wir haben dich beobachtet. Dadurch können wir die jeweilige Berufung der Neuankömmlinge abschätzen. Und dieses Buch – *Empathie simulierende Protokollführung* –, frag einfach einen Magier danach.«

»Und was jetzt?«, wollte Agathyl wissen. »Jetzt wisst ihr alles über mich und könnt über mein Schicksal entscheiden?«

»Nein«, antwortete der Mann ruhig, aber bestimmt. »Deinen Weg bestimmst nur du allein. Wir versuchen lediglich, dir die richtige Richtung zu zeigen. Und darum beginnst du auch morgen früh mit deiner Ausbildung. Also schlage ich vor, dass du dich nun zu Bett begibst. Du wurdest in Zimmer vier im achtundzwanzigsten Stockwerk untergebracht.«

Abschließend griff er hinter sich und überreichte Agathyl einen Stapel Kleidung. Dieser zog die erstbeste Garnitur über und verabschiedete sich in Richtung der Treppe, die den hohlen Berg hinaufführte.

Die Treppen waren, wie der gesamte Boden im hohlen Berg, mit Baumstammscheiben gepflastert. Jedes Stockwerk war von einem anderen Künstler der Nexusinseln entworfen worden und hatte ein individuelles Bodenmosaik in der Mitte des Treppenaufgangs. Apropos Treppen, nach dem Erklimmen des ersten Stocks hatte sich Agathyl die Anzahl der Stufen bis zu seinem Zimmer ausgerechnet. Vorausgesetzt jedes Stockwerk verfügte über die genau gleiche Anzahl, lagen lächerliche siebenhundertsechsundfünfzig Stufen vor ihm. Entgegen seiner Annahme war das Mitzählen der verbleibenden Stufen keineswegs hilfreich.

Im elften Stockwerk begriff dies schließlich auch Agathyl. Grimassenschneidend rieb er sich die Oberschenkel und nahm auf einer der hübsch verzierten Holzbänke, die rund um das Mosaik aufgestellt waren, Platz. Die Etage war nahezu verlassen, und erstmals seit seiner Ankunft auf der Insel des Schicksals herrschte Stille.

Das heißt, er hörte nichts bis auf dieses dumpfe, metallisch klirrende Geräusch, das aus den Wänden hervordrang. Als der Schmerz in seinen Beinen einem Gefühl der Taubheit gewichen war, presste er sein Ohr gegen den rauen Fels. Das Geräusch wurde immer lauter, als er sich der Rückseite der Mauer, welche die Wendeltreppe vom Stockwerk trennte, näherte. Er richtete den Blick nach oben, nicht wissend, ob er die Götter verfluchen oder ihnen danken sollte. Da war ein ... nun ja, nennen wir es einen Fahrstuhl. Um genau zu sein, handelte es sich hierbei um eine Konstruktion aus ausgemusterten Bergbauloren, die sich an einer Kette aufwärts- und an einer anderen abwärtsbewegten.

Die meisten Loren waren bereits besetzt, hier und da schummelte sich jedoch auch noch eine leere Transportmöglichkeit dazwischen. Doch wie genau sollte man einsteigen? Schließlich bewegten sich die Ketten in durchaus zügigem Tempo. Agathyl dachte daran, zu springen. Er nahm einige Male Anlauf und bremste dann immer wieder kurz vor der Öffnung ab. Beim vierten oder fünften Versuch geschah jedoch etwas Seltsames. Eine Wanne verlangsamte das Tempo und schwebte ruhig an den Rand des Schachtes. Mit einem leicht mulmigen Gefühl im Magen ging Agathyl an Bord.

Das Gefährt ordnete sich wieder an einen freien Platz der Kette ein, wackelte kurz bedrohlich und schoss schließlich nach oben. Mit einem Arm presste Agathyl den Kleidungsstapel an seine Brust, mit dem anderen versuchte er, sich an der Seitenwand Halt zu verschaffen.

Kurz darauf schwebte die Wanne erneut aus der Reihe und verringerte langsam ihre Geschwindigkeit, bis sie schließlich vor einer weiteren Öffnung zum Stillstand kam.

Agathyl fiel kopfüber auf den Flur des achtundzwanzigsten Stockwerks. Als er sein zerknittertes Gewand vom Boden aufklaubte, dachte er kurz darüber nach, wie genau der Fahrstuhl wusste, auf welcher Etage er ihn rauswerfen musste.

»Jaja, schon klar, frag am besten einen Magier«, gab er kopfschüttelnd von sich.

Knarrend öffnete sich die Tür, welche die rötlich metallene, liebevoll schief angebrachte Nummer vier trug. Sowie Agathyl das Zimmer betrat, trafen ihn zwei Blicke. Erschrocken erwiderte er beide für einen Moment.

Der eine Junge lag auf einem der drei Betten und versenkte seinen graublauen Wuschelkopf gleich wieder hinter ein Buch. Der andere saß auf einem Stuhl am Schreibtisch, der nahtlos in die Fensterbank überging und mit dieser ein Sechseck formte.

»Hey, hey. Wenn das nicht unsere verirrte Seele ist«, rief der Junge am Fenster.

Agathyl erkannte die schwarze Mähne, die ihn vorhin quer durch die Empfangshalle gezerrt hatte. Der Elf sprang auf und reichte ihm die Hand.

»Willkommen zu Hause. Ich bin Cole, das hier ist Gareth.«

Der Junge auf dem Bett hob beim Klang seines Namens erneut sein Haupt. Seine kupferfarbenen Augen funkelten kurz im Feuer des Kamins, bevor sie sich wieder hinter einigen graublauen Strähnen versteckten.

Agathyl warf seine Kleidung auf das freie Bett zwischen Tür und Kamin. Anschließend betrachtete er noch einmal das schlicht eingerichtete Zimmer und entschwand, diesmal gewollt, in eine Traumwelt.

Arbeit, Arbeit.
Noch mehr Arbeit.

»Junge! Jungeeeee!«

Eine raue Stimme peitschte durch das Zimmer und zerriss die morgendliche Stille. Ein paar Tritte gegen die Bettkante und die folgende Erschütterung halfen Agathyls Augen beim mühseligen Prozess des Öffnens. Am liebsten hätten sie sich gleich wieder geschlossen. Agathyl starrte in das vom Leben gezeichnete Gesicht eines Elfen.

»Wird's bald?«, brüllte ihn dieses an.

Die Narben auf den Wangen waren so zahlreich, dass wohl mehr Haut vernarbt als heil war. Dort, wo sich eigentlich das linke Auge befinden sollte, war lediglich ein mit drei Schrauben befestigtes metallenes Plättchen.

Agathyl setzte sich auf und starrte unentwegt in das schockierende Antlitz seines jüngsten Albtraums. Die in fettigen Strähnen herabhängende Haarpracht war beinahe ein Segen, da sie wohl teilweise Schlimmeres verbarg.

»Zieh dir mal was an«, keifte der Mann weiter.

Agathyl ertastete ein hübsches weißes Hemd auf dem Boden und hob es auf.

»Ha, das wirst du nicht brauchen. Hier, das sollte ausreichend sein.« Der Mann warf ihm etwas – nun ja – Schlichteres zum Anziehen entgegen.

Gareth schlief tief und fest. Das mehrtausendseitige Buch des Vorabends stützte seinen Kopf. *» Wie Kaiser zu Geschichte wurden«,* prangte in goldenen Lettern auf dem Buchrücken. Coles Bett war leer und die Decke fein säuberlich zurückgeschlagen. Agathyl sah an sich herab und rümpfte die Nase beim Anblick des weiten dunklen Hemdes und der sandgelben Hose, die seinen Körper nun einhüllten.

»Siehst gut aus. Und jetzt komm!«, knurrte sein Vorgesetzter.

Agathyl schritt geradewegs auf den Loren-Aufzug zu, als ihm ein lauter Pfiff Einhalt gebot. Der korpulente Elf verwies mit einem Grinsen auf die Treppe. »Weißt du, dieses Treppensteigen hat durchaus einen Sinn.«

»Jaja, nur dort, wo du zu Fuß warst, bist du auch wirklich gewesen …«, schnitt ihm Agathyl das Wort ab.

Der narbenübersäte Elf, der sich bereits merklich auf seine Erklärung gefreut hatte, schnaubte verstimmt und folgte Agathyl die Treppe hinauf.

Stufe um Stufe erklommen sie den Berg. Im Vergleich dazu erschien der gestrige Treppenritt wie ein kurzer Ausflug zum nächstgelegenen Tabakstand.

Agathyl drehte sich immer wieder um, anfangs mit fragendem, später mit verzweifeltem Gesichtsausdruck. Doch der Mann scheuchte ihn Stock für Stock weiter hinauf, bis die beiden schließlich, von Atemnot geplagt, innehielten.

Da war eine Tür. Dort, wo eigentlich die Treppe zur nächsten Etage sein sollte, war eine Tür.

Das wiederum führte Agathyl zur einzig logischen Schlussfolgerung: Dies war das oberste Stockwerk. Als sich die Tür knarrend und anscheinend von selbst öffnete, traute Agathyl seinen Augen nicht. Er stand am Rand eines schier endlosen Waldes.

»Frühstück – fang!«

Agathyls Begleiter hatte einen Apfel von einem der Bäume gepflückt und ihm diesen zugeworfen.

Agathyl bückte sich nach dem Apfel. »Danke …«

»Kannst mich übrigens Rhys nennen«, meinte der Mann, der selbst gerade in einen Apfel biss.

»Danke – Rhys«, wiederholte Agathyl.

Der Wald entsprach dem exakten Gegenteil seiner gestrigen Erscheinung. Dicht verzweigte Äste zauberten ein Dach über den Weg, der ins Innere zu führen schien. Laub raschelte, und die Sonne malte bunte Lichterspiele zwischen die Bäume. Ja richtig, Sonnenlicht. Schließlich fehlte dem Berg bekanntlich die Spitze am Gipfel. Einige mutige Bergarbeiter hatten den Berg vor vielen Jahrhunderten unter Aufopferung ihres Lebens von dieser Last befreit. Böse Zungen munkelten jedoch, dass es sich dabei vielmehr um einen Unfall gehandelt hatte.

»Ein Wald im ausgehöhlten Gipfel eines Berges«, stammelte Agathyl, noch immer etwas benommen, und malte sich aus, wie das Wurzelwerk den Bewohnern der Quartiere unter ihnen das Leben erschwerte. Dann bemerkte er, dass sämtliche Pflanzen in Tonschalen wucherten, und somit war zumindest das Rätsel der Wurzeln gelöst.

Rhys witterte die Chance, sein Wissen glänzen zu lassen. »Weiß nicht, ob's dir aufgefallen ist, aber der Wald ist weitaus größer, als er eigentlich sein dürfte. Liegt an der besonders starken Magie, die's auf Berggipfeln gibt oder so. Also, Junge, willkommen im Bonsaiwald.«

Agathyl sah sich um. Rhys hatte recht, der Berg konnte hier oben höchstens einen Durchmesser von fünfzig Metern haben. Aber es war von seinem Standpunkt aus nicht einmal möglich, das Ende des Waldes zu erkennen.

Offensichtlich ein magischer Ort.

Agathyl träumte von all den wunderbaren Aufgaben, die hier auf ihn zukommen könnten. Würde er vielleicht als Teil der Forschergilde dem Ursprung dieser Magie auf den Grund gehen? Oder ja, vielleicht für die Künstlergilde großartige Abbilder des wunderschönen Waldes auf eine Leinwand zaubern? Die ernüchternde Antwort auf diese Fragen bekam Agathyl unverzüglich in Form eines kleinen Kübels geliefert. Darin waren ein Paar Handschuhe, eine Heckenschere sowie ein kleiner Rechen.

»Ich bin … ein Gärtner?«, fragte Agathyl, in der Hoffnung, Rhys würde dies verneinen.

»Nun ja, du passt für ein Weilchen auf unsere Pflanzenfreunde hier auf, ja.« Rhys strahlte, als hätte er Agathyl gerade einen riesigen Goldklumpen überreicht.

Agathyl zwang sich ein kleines Lächeln ab, immerhin wollte er sein Gegenüber nicht kränken.

»Gut, dann will ich dir mal alles zeigen. Ist nämlich alles nicht so einfach, nicht wahr?«

Wie in fast jeder Einschulungsphase kam es auch hier zu gewissen Komplikationen.

»Was machst du denn da, Junge?« Rhys entriss Agathyl die Gartenschere.

»Du hast doch gesagt, die Blätter müssen gestutzt werden«, erwiderte Agathyl.

»Ja, aber doch nicht so! Siehst du denn nicht, dass er sich fürchtet?« Rhys' Stimme wandelte sich langsam von forsch zu sanft.

Agathyls Blick wanderte zwischen dem halb vertrockneten Busch und Rhys hin und her. Nach einer Minute des Schweigens öffnete Agathyl vorsichtig den Mund und schloss ihn wieder, so als ob es ihm an den richtigen Worten mangelte.

»Der Busch fürchtet sich?«, sprach er kurz darauf Silbe für Silbe und verlieh dem Satz den Hauch einer Frage.

Natürlich wusste er, dass sich das Gewächs nicht fürchtete. Es war schließlich ein Busch. Dieser verspürte genauso wenig Angst, wie der flache Stein da gerade versuchte, seine Nervosität zu überwinden und endlich die Wurzel von nebenan um ein Date zu bitten. Agathyl schüttelte den Kopf, beugte sich wieder zu dem Busch hinunter und beschloss, die vertrockneten Blätter eben mit der Hand auszureißen.

»Ahhhh!« Rhys stürmte auf ihn zu und rang ihn zu Boden. »Verstehst du denn nicht, Junge?«, schrie der verrückte Gärtner, während er vergebens versuchte, die Tränen in seinem heilen Auge zu verbergen.

Agathyl wusste nicht so recht, ob er sich entschuldigen oder Rhys zu diesem äußerst überzeugenden Theaterstück gratulieren solle. »Äh, tut mir leid?«, stammelte er.

Rhys fuhr sich wild durch die Haare. »Nein. Schluss. Das reicht für heute. Morgen – selbe Uhrzeit, und sei pünktlich.«

Die Tür zum magischen Wald schloss sich mit einem gewaltigen Rumms, ganz so als wollte sie Agathyl zum Abschied noch einen Tritt in den Allerwertesten verpassen. Dieser machte jedoch einen Satz nach vorn und entging somit seinem schmerzhaften Schicksal. Anschließend warf er der Tür einen hämischen Lacher zu. Diese knarrte bedrohlich. Agathyls Blick erstarrte. Er hatte seit seiner Ankunft einfach schon viel zu viele absurde Dinge erlebt. Wer weiß, möglicherweise sprang die Tür aus einer Laune heraus aus ihren Angeln und nahm die Verfolgung des Neuankömmlings auf.

Doch der Gedanke der Angst wich schnell einem anderen, als Agathyls Magen knurrte. Kein Wunder, schließlich hatte er seit seinem Frühstücksapfel nichts Festes mehr zu sich genommen. Er beschloss, den hohlen Berg nach einer netten Taverne abzusuchen, und entschied sich daher für einen Abstieg via Treppe.

Im zwölften Stockwerk war es dann endlich so weit. Ein schief hängendes Schild mit der Aufschrift »Zur gemeinen Goldrute« lud herzlich zu einer Erfrischung ein. Agathyl trat einen Schritt auf die Spelunke zu, als er plötzlich in ein Maul mit strahlenden, spitzen Zähnen starrte.

»Ruhig, Reuben«, sagte eine bekannte Stimme, und eine Hand streckte sich, um dem drachenähnlichen Vieh den Kopf zu streicheln. Auf dem Rücken des Reptils saß Cole, den Agathyl jedoch erst beim zweiten Anblick erkannte, denn ein Großteil seines Kopfes verbarg sich unter einem lächerlichen, verrosteten Helm.

»Sieht so aus, als hättest du eindeutig den spannenderen Job ergattert«, entgegnete Agathyl, dessen Herz nun wieder in ruhigerem Takt schlug.

Cole schnaubte. »Als ich geweckt wurde, war es noch stockfinster, und dieser Helm wurde vermutlich schon von Soldaten in der Armee von Kaiser Alremus getragen.« Nach einer kurzen Pause fügte er grinsend hinzu: »Aber ja, ich darf mich nun als Teil der Wache bezeichnen.«

»Ich wollte eben etwas essen gehen«, sagte Agathyl mit einladender Stimme und verwies auf die Absteige.

Cole hob eine Augenbraue, zuckte kurz mit den Schultern und stieg von seinem Reitgecko ab.

Agathyl wusste nicht so recht, was er erwartet hatte, vielleicht einen staubigen Tresen und einen Kneipenbesitzer, der die Humpen mit seinem Speichel und einem alten Lumpen putzte. Wie dem auch sei, so etwas hatte er jedenfalls nicht erwartet:

Die Bar erstrahlte in zahlreichen Farben, die den Spiegelapparaturen entstammten, die wiederum mit Nexuskristallen besetzt waren. In der Mitte des Raumes erstreckte sich ein spiralförmiger Tresen, der aus einem massiven Baumstamm gefertigt zu sein schien. Kreisförmig darum waren gläserne Tische aufgestellt, von denen jeder vom Boden aus von einem andersfarbigen Nexuskristall beleuchtet wurde.

Auch die Gäste schienen durchaus gesittet zu sein und glichen keineswegs Agathyls Vorstellung von zahnlosen Trunkenbolden. Vielmehr waren sie in edle Mäntel gekleidet, von denen Agathyl nur träumen konnte. Eine Ecke des Raumes war durch gläserne Wände von der Wirtsstube abgetrennt. Dahinter konnte man ein Schauspiel aus sich windenden, beleuchteten Rauchschwaden beobachten. Bei näherem Betrachten stellte es sich als ein winziges Abteil heraus, in dem einige Gäste vorgaben, ihr Pfeifenkraut zu genießen.

Die erschöpften Jungen nahmen an einem der freien Glastische Platz.

Die Umrisse einer Zwergendame bewegten sich auf die beiden zu, bogen zwei Tische zuvor scharf rechts ab und wurden nie mehr gesehen.

Stattdessen zwängte sich nun ein etwas beleibter Troll hinter dem Tresen hervor. Während Agathyl noch darüber nachdachte, wie genau sich besagter Kellner hinter der Bar frei bewegen konnte, ohne ständig Gläser mit seinem Bauch umzuschmeißen, war dieser bereits bei ihnen am Tisch angelangt und verschmierte mit einem schmutzigen Lappen den zuvor kristallklaren Glastisch.

»'s darfs'n sein?«, fragte der Troll und polierte den Tisch unbeabsichtigt mit seiner nackten Wampe weiter.

Agathyl versuchte, der behaarten Achselhöhle des motivierten Kellners auszuweichen, senkte den Kopf und fuhr mit dem Finger über die Speisekarte. »Einmal das ausgehungerte Höhlenkaninchen und ein Nexus-Ale.« Dann fügte er noch hastig hinzu: »Nessel-Brombeere.«

Der Kellner nahm dies zur Kenntnis, hustete kurz, schluckte und wandte sich Cole zu, der damit beschäftigt war, einen Brechreiz zu unterdrücken.

»Vegetarischer Mittagsteller, Wasser«, stammelte Cole mit angehaltenem Atem.

Der Kellner verschwand, und Cole atmete erleichtert auf, während Agathyl noch vereinzelte Achselhaare zwischen seinen Zähnen hervorzog.

Die Tür schwang auf, ein Bücherstapel flog in hohem Bogen durch die Luft und verteilte sich schließlich auf dem Boden. Kurz darauf begab sich ein graublaues Haarbüschel, gefolgt von Gareths Körper, auf dieselbe Laufbahn.

»Wird Zeit, dass sie die Gildentrennung wieder einführen, nutzloser Pöbel«, keifte Gareth und wischte sich eine Haarsträhne aus dem Gesicht. Er warf die Tür hinter sich zu, bevor seine Streitpartner etwas entgegnen konnten. Noch ein wenig benommen torkelte er zu seinen Zimmerkollegen. »Wie ich sehe, speisen wir heute mit der Oberklasse«, merkte er beiläufig an, als er sich den Stuhl zurechtrückte.

»Ich bin mir sicher, es gibt Lokale, die eher dem Standard des werten Herrn entsprechen«, gluckste Cole.

»Das will ich doch hoffen«, antwortete Gareth schroff. »Allerdings wandle ich seit ungefähr fünfzig Minuten durch diesen verdammten Berg, und außer diesem gibt es nur ein einziges anderes Lokal. Und dieses Lokal«, Gareth formte seine Finger zu Anführungszeichen, »besteht aus einem Tisch und einem Sonnenschirm. Ein Sonnenschirm! Im Inneren eines Berges!«

Kopfschüttelnd beendete Gareth die ausführliche Begrüßung. Zumindest für kurze Zeit, denn nachdem er seine Bestellung mit wertvollen Hygienetipps für den Bediensteten ausgeschmückt und Agathyl gemeinsam mit Cole Witze darüber gerissen hatte, wie oft der Kellner wohl in Gareths Schicksalseintopf spucken würde, fand dieser bereits den nächsten Grund, sein Schweigen zu brechen.

»Wie ich sehe, haben wir einen Wachmann unter uns«, begann er grinsend. »Und jemanden vom Abfalldienst, oder was genau sollst du darstellen?«

»Einen Gärtner, denke ich«, meinte Agathyl knapp und biss sich auf die Lippe.

Die Tür zum Raucherabteil öffnete sich und hüllte die Gaststube in violetten Qualm. Kurz darauf glitt eine Winzlingsdame aus dem Nebel, zauberte eine kleine Trittleiter aus ihrem Täschchen und stellte drei Teller auf den Tisch.

»Gruß aus der Küche«, fügte sie freundlich hinzu, als sie Gareths Eintopf servierte.

Im selben Moment winkte ihnen der Kellner hinter dem Tresen zu und setzte ein breites Grinsen auf. Gareth schob die Schüssel von sich weg. Cole entschuldigte sich und verschwand in Richtung der Toiletten, woraufhin Gareth sich an dessen Gemüseauflauf bediente.

»Wen haben wir denn da?«, ertönte es schmatzend.

Agathyl spähte über die Schulter und erkannte den Trollschläger von der *Maturitas,* den er wohl einfach nicht mehr loswurde. Der Maestro der Kopfnüsse stopfte sich das letzte Stück seiner undefinierbaren Speise in den Mund und wischte die Essensreste auf seiner Hand in Agathyls Ärmel.

»Komm schon, Nolan. Lass ihn in Ruhe!«, sagte Gareth gelangweilt.

»Wir unterhalten uns doch nur.« Weitere Essensreste prasselten auf den semiprofessionellen Kopfnussempfänger herunter, als Nolan antwortete.

»Wie wäre es, wenn du dir jemanden mit deiner Statur zum Unterhalten suchst?«, erwiderte Gareth in gewohnt teilnahmslosem Tonfall. »Ach, ich vergaß, du bist ja der einzige dermaßen fette Kerl hier auf der Insel.«

Nun schien es fast so, als wäre Nolan etwas im Hals stecken geblieben, denn sein Kopf färbte sich rot. Er schluckte und setzte zu einer physischen Antwort an. Doch seine Faust erstarrte im Flug, als vor der Taverne ein Schrei erklang.

Cole stürzte durch eine Tür am hinteren Ende der Gaststube und rannte schnurstracks zur Vordertür hinaus. Gareth und Agathyl folgten ihm mit zügigen Schritten. Mit beiden Händen arbeitete sich Cole durch die kreisförmige Menge, die sich vor der *gemeinen Goldrute* gebildet hatte.

»Lasst mich durch! Ich bin Wachmann!«, hallten seine von der Versammlung gänzlich ignorierten Schreie durch das zwölfte Stockwerk.

»Zur Seite, Gesindel ihr!«, schnaubte Gareth, dem man bedeutend mehr Beachtung schenkte.

Agathyl bevorzugte es, ein Stück weit entfernt von dem wild tobenden Haufen zu warten.

Cole kniete am Boden. Vor ihm lag ein totes Trollmädchen, das in ähnlich schlichte Kleidung gehüllt war, wie Agathyl sie trug. Ihre Stirn war blutüberströmt, ihr Hals von blauen Druckstellen gezeichnet. Ein Zwergenmädchen überreichte ihm wortlos einen Eimer. Cole goss ein wenig Wasser über das Gesicht der Toten.

»Ein M in einem Kreis«, meinte er nachdenklich und betrachtete das eingeritzte Zeichen auf der Stirn des Opfers.

»Eigentlich handelt es sich dabei um eine Krone«, fügte Gareth besserwisserisch hinzu. »Dies ist das Zeichen des Kreises der ewigen Treue. Ein Bündnis, das es sich zur Aufgabe gesetzt hat, dem rechtmäßigen Erben der kaiserlichen Blutslinie zurück an die Macht zu verhelfen.«

Nach dieser Erklärung wandte sich Gareth gleichgültig ab, und der Kreis der Schaulustigen schloss sich erneut. Während einige tränenüberflutet am Boden kauerten, zeigten sich bei anderen gelangweilte oder gar grinsende Gesichter.

Kaum etwas wirkt derartig polarisierend wie der Tod. Viele sehen in ihm eine Scheußlichkeit, manche hingegen halten den Tod für weiblich und daher *sie* für ein Scheusal, wieder andere begrüßen ihn respektive sie. Bei Letzteren handelt es sich nicht selten um die Verschiedenen selbst. Eine noch polarisierendere Wirkung geht lediglich von Rosinen im Briochegebäck aus.

Nachdem er die ersten Hinweise gesammelt hatte, kämpfte sich Cole mit allen Mitteln aus dem Trubel heraus, um sich in einer etwas ruhigeren Ecke zu übergeben.

Die Legende vom letzten Tag im Zeitalter der Kaiser

Das Feuer tanzte quicklebendig im Kamin umher, ließ aber dennoch den Blick der kalten, trüben Augen nicht in Vergessenheit geraten. Agathyl starrte an die Zimmerdecke, während Gareth, anscheinend unberührt von dem grausigen Ereignis, abermals in seinem Buch blätterte.

»Warum sollte eigentlich jemand versuchen, die Macht an die kaiserlichen Erben zurückzugeben?«, murmelte Agathyl. »Ich dachte, der Kaiser hätte diese damals aus freien Stücken abgegeben.«

»Ich vergesse immer wieder, wie unbeholfen ihr auf den äußeren Inseln seid«, kommentierte Gareth augenrollend. Nach einer kurzen dramaturgischen Pause überwand er sich schließlich und durchsuchte seinen fein säuberlich sortierten Bücherstapel. »Perfekt.« Gareth zog das Buch *Umfassende Geschichte der Nexusinseln für Dummköpfe* hervor.

Nichts ist grässlicher als der Tod, außer natürlich der Tod eines Kaisers. Und ein ebensolcher kündigte sich nun an. Kaiser Alremus, Herrscher über die vereinten Nexusinseln, Bezwinger des Orkaufstands und

Bewahrer des Friedens lag im Sterben. Die Zeit schien daher reif, den Thron an den erstgeborenen Sohn und rechtmäßigen Erben zu übergeben.

Salremus, dem dieses Recht zustand, erschien seinem Vater jedoch viel zu grausam, um ihm eine derart wichtige Aufgabe wie das Dasein als Kaiser anzuvertrauen. Immerhin hatte Salremus bereits als Kind liebend gern Steine nach den Armen und Schwachen geworfen. Er dachte sogar darüber nach, diese Tätigkeit als Sportart am kaiserlichen Hofe einzuführen. Zudem sprach er fortwährend von den niederen Rassen, wie beispielsweise den Zwergen, und war der Meinung, Diebe sollten vielmehr ihren Kopf verlieren anstatt lediglich eine Hand. All dies drängte Kaiser Alremus schließlich zu einem Schritt, der in die Geschichtsbücher eingehen sollte. Der Kaiser ernannte seinen zweitgeborenen Sohn Nalremus zum rechtmäßigen Erben über das vereinigte Kaiserreich der Nexusinseln.

Schon irgendwie merkwürdig, wenn man genauer darüber nachdenkt. Tagtäglich werden Zweitgeborene gegenüber ihren älteren Brüdern und Schwestern bevorzugt. Wehe aber, so etwas passiert in der kaiser-lichen Familie, dann, ja dann ist es Material für die Geschichtsbücher.

Salremus dachte freilich nicht im Traum daran, diese Schmach so einfach über sich ergehen zu lassen, und leistete erbitterten Widerstand. Angefangen mit einem eigenhändig verfassten Schriftstück – *Wieso ich der bessere Kaiser wäre* –, das er eines Nachts unter der Tür seines Vaters durchschob, bis hin zum Hungerstreik. Natürlich handelte es sich bei dem Streikenden nicht um Salremus selbst, immerhin floss kaiserliches Blut durch seine Adern. Welch eine Verschwendung wäre es gewesen, ein solch wertvolles Leben aufs Spiel zu setzen. Nein, vielmehr wanderte er in Begleitung einiger Wachen durch die Gassen der Stadt und befahl diesen, die Obdachlosen von dem Stück Brot, den Essensresten, oder worauf der widerliche Pöbel auch immer herumnagte, zu befreien.

Nach diesem solidarischen Hungerstreik sah sich der Kaiser schließlich gezwungen, seinen eigenen Sohn in die Verbannung zu schicken. In den Büchern heißt es, man hätte ihn an den äußersten Rand des Nexus gebracht. Nun, da aber der Großteil der Bevölkerung davon ausgeht, dass es sich beim Nexus vielmehr um eine kugelförmige Erscheinung handelt, ist es wohl wesentlich wahrscheinlicher, dass Salremus den Rest seiner trostlosen Tage im kaiserlichen Drittwohnsitz mit lediglich dreihundertsiebzig Dienern vor sich hin vegetierte. Welch grausames Schicksal für einen jungen Adeligen.

Doch sein Bruder Nalremus sollte ebenso von einem harten Schicksalsschlag getroffen werden. Weniger traf ihn der Tod seines Vaters, dieser hatte sich immerhin bereits seit mehreren Wochen angekündigt. Nein, vielmehr beunruhigten ihn die bevorstehenden Ereignisse. Die Krönung vor dem versammelten Volke, und was noch viel schlimmer war: die anschließende Rede, welche von ihm erwartet wurde.

Stundenlang wandelte Nalremus durch die kaiserliche Studierstube und feilte an seinen Worten. Bei jedem neuen Einfall huschte er flink zum Schreibtisch, um seine Gedanken zu verewigen. Das Pergament saugte die tintengeformten Worte gierig auf. Jedoch nicht gierig genug, weshalb der junge Kaiser immer wieder ein wenig Sand auf dem Schriftstück verstreute und diesen anschließend vom Schreibtisch pustete. Nachdem auch die passenden Schlussworte gefunden waren, tröpfelte er Wachs auf sein Werk und bestätigte mithilfe seines Siegelringes dessen jungkaiserlichen Ursprung.

Auf dem Weg zur Tür warf er einen Blick auf das Sandhäufchen in der Ecke neben dem Schreibtisch und bedachte die arme Seele, die mit der Reinigung der Studierstube beauftragt werden würde, mit einem von Mitleid erfüllten Gedanken.

»Bringt dies auf dem schnellsten Wege zu Meister Norn«, trug Nalremus der Wache vor der Tür auf.

Anschließend setzte er seinen Gang durch die Studierstube fort. Nalremus wartete äußerst gespannt darauf, was Meister Norn, der bereits seinem Vater treue Dienste als Berater erwiesen hatte, zu dieser ersten Amtshandlung zu sagen haben würde.

Kurz darauf klopfte es auch schon an der Tür, und Nalremus machte sich auf, diese zu öffnen. Hierbei musste es sich um Meister Norn handeln, der ihm wohl gleich eine Ansprache im doppelten Ausmaß der eigentlichen Rede halten würde. Wahrscheinlich erklärte er ihm anschließend noch, dass er diese Rede unmöglich ernst meinen könne und sein Vater bereits jetzt wütend gegen die Tore der Familienkrypta hämmere.

Nalremus öffnete die Tür.

Draußen wartete eine redselige, verhüllte Gestalt. Aus dem Mund des Unbekannten kamen jedoch nur unverständliche Sätze in einer fremden Sprache. Ein Stück Metall blitzte unter dem weiten Ärmel des Verhüllten auf und entpuppte sich als geschwungener Dolch, der sich pfeilschnell in den Leib des jungen Kaisers bohrte.

Sich vor Schmerzen windend, kroch Nalremus davon, wenngleich er wusste, dass seine Situation schier ausweglos war. Das kaiserliche Blut floss über den Boden und vermengte sich mit der Tinte im Sandhaufen. Die Farbe Royalblau war geboren. Der Fremde faselte immer weiter. Als ob es nicht schon schlimm genug wäre, dass Nalremus langsam ausblutete, nein, er durfte sich dabei auch noch dieses verdammte Kauderwelsch anhören.

Als es endlich still wurde, bahnte sich schon das nächste Übel an. Laute Schritte näherten sich. Wenig später beugte sich Meister Norn über den beinahe leblosen Körper am Boden.

Nalremus konnte die Augen kaum noch offen halten, und dennoch erkannte er an den Gesichtszügen des alten Gelehrten, dass er wie erwartet nicht sonderlich erfreut über die geplante Rede des jungen Kaisers war. Nalremus bewegte die Lippen. Der alte Mann verstand jedoch kein Wort. Alles, was der dahinscheidende Kaiser von sich gab, war ein leises Röcheln. Zudem zeigte sich das hohe Alter als nicht sonderlich förderlich für Meister Norns Gehör. Mit schmerzerfülltem Stöhnen kniete der alte Mann nieder, sodass man hätte meinen können, er würde seinen Kaiser gleich ins Jenseits begleiten. Die Lippen des jungen Kaisers und das Ohr des alten Gelehrten berührten sich nun beinahe. Nalremus' Lebenskraft genügte noch für ein einziges Wort. »Vertrauen.« Ein kurzes Röcheln, und der Kaiser ging bereits vor seiner ersten offiziellen Amtshandlung in die Geschichte ein.

Meister Norn stand nun anstelle des jungen Kaisers vor dem Volk und entfaltete mit gefluteten Augen ein Stück Pergament. Die Tränen wichen recht schnell einem widerwilligen Gesichtsausdruck, der abermals klarmachte, was er von der Rede hielt. Aber wer war er, dass er den letzten Wunsch des Thronerben hätte ignorieren können? Und so begann er.

»Oft dachte ich, mir wurde ein seltsames Schicksal auferlegt. Manchmal dachte ich auch, ich hätte ein seltsames Schicksal für mich gewählt. Niemals jedoch hätte ich es gewagt, dessen Existenz anzuzweifeln.«

Der alte Mann schniefte.

»Ich glaube an das Schicksal, jedoch nicht nur an das meinige. Nein, vielmehr glaube ich an das Schicksal von euch allen. Mit der Hand auf die Menge deuten.«

Meister Norn errötete, hüstelte und deutete schließlich auf die versammelten Zuhörer.

»Es ist das Recht eines jeden von euch, sich über sein eigenes Schicksal klar zu werden, und viel wichtiger noch – dessen eigener Schmied zu sein. Zu lange wurde euch durch vermeintliche Obrigkeiten euer Lebensstil diktiert. Damit ist jetzt Schluss, und deshalb stehe ich heute hier als einer von euch, um das Ende der kaiserlichen Ära zu verkünden. Fortan soll es an weiseren Menschen liegen, euer Schicksal zu erkennen, euch zu fördern und euch bei der Erfüllung zur Seite zu stehen.

Worte des Nalremus, letzter Kaiser der Vereinten Nexusinseln.«

Meister Norn blickte auf und erkannte viele verwirrte und traurige Gesichter. Wortlos schritt er vom Podest. Das Zeitalter der Gilden war geboren.

Das Lodern des Feuers war erloschen und einem leichten Glühen zwischen grauer Asche gewichen. Agathyl stützte den Kopf auf seine Hand. Sein Mittelfinger klemmte das Augenlid fest nach oben und hinderte es so daran, sich zu schließen. Zum Glück, denn anderenfalls hätte er wohl kaum das monströs dicke Buch gesehen, das Gareth soeben zu ihm herüberschleuderte.

»Langweile ich dich etwa?«, fragte Gareth naserümpfend.

»Äh, nein, tut mir leid …«, stammelte Agathyl und schob seine Unaufmerksamkeit auf den harten Tag, der zudem bereits so ungewöhnlich früh begonnen hatte. Als die Müdigkeit wieder etwas verblasste, meinte er schließlich nachdenklich: »Was ich nach wie vor nicht ganz verstehe, ist, wer denn ein Interesse daran haben sollte, erneut einem Kaiser an die Macht zu verhelfen.«

»Die Erben, würde ich meinen«, merkte Gareth gleichgültig an. »Müssten inzwischen wohl um die dreißig kaiserliche Nachfahren da draußen herumlaufen. Vorausgesetzt Salremus war vor seinem Ableben entsprechend fleißig.«

»Entsprechend fleißig?«, begann Agathyl, beschloss dann jedoch, nicht weiter darauf einzugehen.

Die Tür sprang auf und knallte gegen Agathyls Bett, der daraufhin in die Höhe fuhr. Einen kurzen Moment später schritt Cole in das Zimmer. Sein Gesicht war bleich wie der destinyanische Ahorn, den Agathyl heute Morgen hatte zurückstutzen müssen. Cole steuerte auf direktem Wege auf sein Bett zu und vergrub das Gesicht in seinen Händen.

»Auch dir einen schönen Abend!«, posaunte Gareth, verdächtig vergnügt.

Cole sah kurz auf. Sein Blick spiegelte eine Mischung aus Verzweiflung und Ekel wider, dann presste er den Kopf in sein Kissen.

Wie man die Liebe zur Wissenschaft verliert

Die orangefarbenen Strahlen des Nexus bahnten sich ihren Weg durch die hölzernen Lamellen des Fensters und kitzelten Ambria sanft an ihren frisch gestutzten Nasenhaaren. »Was für ein herrlicher Tag«, sagte das Zwergenmädchen, rieb sich kurz die Nase und hüpfte voller Wonne aus dem Bett. Natürlich war heute ein herrlicher Tag, schließlich war dies Ambrias erster Arbeitstag in der Gilde der anerkannten Hochwissenschaften. Das bedeutete, dass sie nun einen großen Schritt dahin machte, ein vollwertiges Gildenmitglied zu werden, und viel wichtiger noch – sie würde endlich einen eigenen Forschungsauftrag erhalten. Natürlich hatte sie sich schon als Kind an verschiedenen Hobbyforschungen versucht, die Analyse der Kundschaft im Wirtshaus ihrer Eltern hatte sich jedoch weder als befriedigend noch als sonderlich bedeutsam herausgestellt.

Was würde sie bloß erwarten? Möglicherweise würde sie der Primus mit der Erforschung eines Relikts aus der alten Welt beauftragen, oder noch besser: Vielleicht würde sie gleich zum Zweck einer Erkundung auf eine der unlängst entdeckten neuen

Nexusinseln entsandt werden. Nein, das wäre dann wohl zu viel des Guten. Aber unabhängig von der Prestigeträchtigkeit, es wäre ihr erstes eigenes Forschungsprojekt.

Selbst das sonst so bedrohlich wirkende Knarren der Treppe kam ihr heute Morgen vor wie ein fröhlich hölzerner Gesang toter Bäume. Unten angelangt wartete bereits Ambrias Mutter, die ihr, nachdem sie das Frühstück auf den Tisch gestellt, sich mit der Schürze den Schweiß aus dem Gesicht gewischt und diese an ihren üblichen Platz gehängt hatte, ein herzliches Lächeln zuwarf. »Frühstück ist die wichtigste Mahlzeit im Leben einer jungen Forscherin«, betonte sie und kniff Ambria in die Wange.

Allmählich legte sich das Taubheitsgefühl in ihrer linken Gesichtshälfte, als Ambria die altehrwürdigen Hallen der Gilde der anerkannten Hochwissenschaften im neunten Stockwerk des hohlen Berges betrat. Ihr Herz sprang dermaßen wild auf und ab, dass sie sogar kurzzeitig dachte, ihr edel verzierter grün-brauner Forschermantel würde im Takt ihres Herzens neue Falten schlagen. Um sie herum brüteten zahlreiche Forscher und Forscherinnen über ihren Büchern, schraubten an seltsamen Messingskulpturen und zeichneten detailgetreue Karten ihrer letzten Forschungsreise.

Ambria schaute auf das Pergament in ihrer Hand, welches auf den ersten Blick eine längst vergessene Zeichenschrift offenbarte. Bei näherem Betrachten konnte man jedoch »die auf den zweiten Stock folgende Etage, das Zimmer gegenüber dem übernächsten des zweiten Zimmers auf der linken Seite« entziffern.

Dem Leser mag diese Wegbeschreibung ein wenig seltsam vorkommen, aber seien Sie versichert, dass dies vollends dem Standard der Forscher entsprach. Denn obwohl die Forscher der Nexusinseln bereits seit Jahrhunderten damit beschäftigt waren, die Zahlenreihe bis ins Unendliche aufzuzeichnen, gelang es bisher niemandem, einen eindeutigen Beweis dafür zu finden, dass nach dem zweiten auch tatsächlich der dritte Stock folgte. Und so überließ man es dem gemeinen Pöbel und den Frevlern, diesen als dritte Etage zu bezeichnen, während sich die gebildete Gesellschaft ebendieser deutlich klügeren Variante verschrieb. Ebenso konsequent vermied man den Begriff »rechts«, mit solch einem Unfug wollte man nichts am Hut haben.

Als wäre ein vielstöckiges Gebäude innerhalb eines noch viel mehr stöckigen Berges nicht bereits ausreichend, um Verwirrung zu stiften, nein, man musste auch noch die Wegbeschreibung entsprechend kryptisch formulieren. Einen Vorteil hatte Ambria jedoch, denn im Gegensatz zu den meisten anderen war sie auf der Insel des Schicksals aufgewachsen und kannte sich dementsprechend aus.

Nach kurzer Zeit, die ein Wissenschaftler wohl als akkurat bezeichnen würde, fand sich Ambria in besagtem Zimmer auf der auf den zweiten Stock folgenden Etage ein.

»Guten Morgen, Sir.« Ambrias Versuch, selbstbewusst zu klingen, blieb zu 82,734% erfolglos.

Der Forscher-Primus am anderen Ende des Tisches schnaubte. »Und was genau macht diesen Morgen so gut? Oder ist es per se ein guter Morgen?«

»Zweiteres, denke ich«, stammelte Ambria, während ihr Selbstbewusstsein um weitere 4,76% sank.

»Denkst du? Das solltest du doch eigentlich wissen, oder? Wie dem auch sei.« Der Primus legte einen Apfel auf den Tisch und schob ihn zu Ambria.

»Danke, ich kam heute bereits in den Genuss eines umfangreichen Frühstücks. Wissen Sie, meine Mutter meint …«

»Genug! Das hier ist dein erster Forschungsauftrag«, sagte der Primus nun deutlich bestimmter.

»Beschreib mir diesen Apfel.« Er packte noch ein Stück Pergament, eine Feder und ein Tintenfass auf den Tisch.

Ambria starrte auf den Apfel, der nun auf dem ihr zugeteilten Arbeitsplatz lag. Sie wusste nicht so recht, was der Primus von ihr erwartete, also nahm sie die Feder in die Hand und schrieb:

›Dieser Apfel ist grün und glänzt.‹

Sie legte die Feder beiseite, griff zum nahe liegenden Brieföffner und brach ein Stück des Apfels heraus.

›Schmeckt säuerlich‹, notierte sie weiter, während sie auf dem Stückchen kaute.

Sie dachte an Furius, den Bauern, der in der Nähe des Dorfes der Ankunft seine Plantage bewirtschaftete. *Ein echter Experte,* dachte sie, schnappte sich den Apfel, verließ den hohlen Berg und setzte sich in eine Lore zum Dorf.

Furius empfing seinen unerwarteten Besuch mit beinahe nostalgischer Freude, schließlich war Ambrias Familie schon seit Langem mit der seinen befreundet. Lächelnd bot er Ambria ein Stück Kuchen an und setzte sich zu ihr, um dem Mysterium des Apfels auf den Grund zu gehen.

»Is'n Grandma John. Janz eindeutig«, erwähnte er beiläufig und stopfte sich ein gigantisches Stück Kuchen in den Mund.

Ambria konnte ihr Glück kaum fassen. »Äh, vielen Dank! Ich dachte, das würde länger dauern.«

Ihr erster Forschungsauftrag war so gut wie abgeschlossen.

»Kenn mich halt aus«, verabschiedete sich Furius bescheiden.

Strahlend überreichte Ambria dem Primus ein Stück Pergament.

›Farbe: Grün

Oberfläche: Glänzend

Geschmack: Säuerlich

Sorte: Grandma John‹

Der Primus blickte auf und zog eine Augenbraue dermaßen weit hoch, dass sie seinen Haaransatz streifte. »Quelle?«, fragte er argwöhnisch.

»Furius, der Bauer. Sie kennen ihn vielleicht, er …«

»Keine vertrauenswürdige Quelle.«

»Aber …«

»Nicht vertrauenswürdig!«, wiederholte der Primus und verwies Ambria seines Büros. Ihr gerade erst aufgekommener Stolz wurde binnen kürzester Zeit zu Apfelmus verarbeitet.

Der nächste Schritt führte sie in die gildeneigene Bibliothek.

»Ich suche nach Büchern über Äpfel«, flüsterte sie und beugte sich über das Pult hinüber zu einem weißen Ratten-Neximal.

»Welcher Autor?«, entgegnete der pelzige Bibliothekar mürrisch.

»Das weiß ich nicht«, meinte Ambria, die nun so leise sprach, dass es fast als innerer Monolog hätte gelten können.

Das Hörvermögen eines Bibliothekars ist bekanntermaßen äußerst ausgeprägt, um nicht zu sagen übernatürlich, und daher verwies er sie auf das *Magnindex,* ein Buch im Nebenraum, das sämtliche anderen Bücher der Bibliothek beschrieb. Das *Magnindex* war rein äußerlich der Traum eines jeden Anhängers der hohen Kunst von Fantasyromanen. Es hatte das Format eines durchschnittlichen Küchentisches und einen Umfang von exakt 28.420 Seiten.

Es dauerte zum Glück nicht lange, bis Ambria bei A wie Apfel angelangt war. Die Suche ergab vierzehn Autoren sowie die jeweilige Regalreihe und das Ablagefach.

Während Titel wie *Als ein Apfel die Götter stürzte* und *Schieß mir endlich den Apfel vom Schädel, Junge: die letzten Worte eines verwirrten Träumers* relativ schnell den Weg zurück ins Regal fanden, wirkte *Die tausend Geschmacksrichtungen der Apfelsorten* recht vielversprechend. Es klang nicht nur so, sondern lieferte tatsächlich binnen kürzester Zeit das gewünschte Ergebnis. Und man soll es nicht glauben, die Lösung des scheinbar unlösbaren Rätsels lautete – Grandma John.

Erneut stellte sich Ambria dem Verhör im Zimmer des Gildenleiters. Der Notizzettel war nun um einen sehr wichtigen, ja beinahe unverzichtbaren Teil ergänzt worden - ›Quelle: Fruchtbauch, Gustaf (Zeitalter der Könige 213). *Die tausend Geschmacksrichtungen der Apfelsorten.* Königliches Buchverarbeitungs- und Tüftlerinstitut der Zwerge.‹

Ein lang gezogener Laut aus dem Rachen des Primus wies darauf hin, dass das, was folgen sollte, Ambria nicht gefallen würde. Wie so oft entsprach diese universelle Vorahnung der Wahrheit.

»Es gibt da nur ein Problem …«, begann der Primus. »Dieser Apfel ist nicht grün, und ich kann auch keinerlei Glanz daran erkennen.«

Der Apfel war inzwischen braun und runzelig.

Ambria war enttäuscht von ihrem ersten Arbeitstag. Auf dem Heimweg verspeiste sie in ihrer resignierten

Trauerlaune sogar den verdorbenen Apfel, der zum Glück nach wie vor nach einem Grandma John schmeckte.

Selbst der vorher positiv hervorgehobene Aspekt, dass Ambria auf der Insel des Schicksals aufgewachsen war, präsentierte nun seine Schattenseite. Denn während andere Gildenlehrlinge den Rückzug in ihre Räumlichkeiten antraten, um dort den Tag langsam ausklingen zu lassen, wartete auf Ambria nur weitere Arbeit. Immerhin war ihre Mutter die Besitzerin des Wirtshauses *Zur gemeinen Goldrute* und nutzte gern einen Trick, den selbstständige Gewerbetreibende über die gesamten Nexusinseln verteilt bereits seit Jahrhunderten für sich entdeckt hatten. Diese betitelten jenes System gern als »Hilfe von Angehörigen«.

Bei näherem Betrachten sollte sich diese Hilfe jedoch als schamlose Ausbeutung von Verwandten herausstellen. Hierbei handelte es sich um eine halb legale Variante der Kinderarbeit beziehungsweise bei älteren Verwandten um das altbekannte Prinzip des unerwiderten Gefallens. Sämtliche Versuche, diese Vorgehensweise mit rechtlichen Schritten zu unterbinden, wurden sofort im Keim erstickt. Dies geschah mittels des Arguments: Die Gilden hätten die Sklaverei ja nicht verbieten müssen.

Ambria eilte also nach Hause, um dort ihrer Sklavenarbeit, äh ... ihren unerwiderten Gefallensdiensten gegenüber ihrer Familie nachzugehen.

Beim Anblick der Bruchbude wäre ihr beinahe der halb verdaute Apfel wieder hochgekommen. Sie hatte ihrer Mutter bereits des Öfteren vorgeschlagen, die heruntergekommene Fassade der edlen Gaststube anzupassen. Diese faselte in solchen Situationen jedoch immer etwas von »Die wahre Schönheit liegt im Inneren« daher.

Ambria war gerade auf dem Weg, um eine Bestellung aufzunehmen, als sie plötzlich aufschreckte und mitten im Schritt abdrehte. Am Tisch saß der verrückte Junge, der gestern genüsslich an ihren Haaren geknabbert und sie anschließend auch noch mit seinen Augen ausgezogen hatte. Hastig eilte sie zu Dörk, der zurzeit hinter der Bar sein Unwesen trieb und bat ihn, den Tisch zu übernehmen.

Einige Zeit später ertönte draußen ein Schrei, und die meisten Gäste stürmten aus dem Lokal. Ambria dachte sich nichts dabei, wahrscheinlich hatte wieder mal jemand eine legendäre Karte aus einem »Wanderer des Nexus«-Päckchen erhalten.

»Wanderer des Nexus« war ein Sammelkartenspiel, das derzeit scheinbar von jedem Bewohner der Nexusinseln gespielt wurde. Ambria spielte es nicht.

*Ich meine, wie dumm muss man sein, um derartig viel
Geld für einfache Pappe hinzublättern?*

Als dann einer der Kunden zurück ins Lokal
stürzte, irgendetwas von einer Leiche von sich gab
und daraufhin zur Bar eilte, um ein großes Gläschen
Schnaps zu bestellen, wurde Ambria doch neugierig.
Während Dörk und der Gast noch darüber
diskutierten, dass sich die Wörter »groß« und »Gläschen« wohl kaum vereinen ließen, war Ambria schon
durch die Tür nach draußen gehuscht.

Aus der kreisförmigen Menschenmasse trat ein
Junge in der Rüstung einer Wache hervor, schüttelte
den Kopf und übergab sich anschließend vor dem
Eingang der *gemeinen Goldrute*.

»Entschuldigung, ich mach das gleich weg«, brach
es aus ihm heraus, als er Ambria bemerkte.

»Ach, kein Problem. Ich hol einen Eimer«,
antwortete Ambria lächelnd.

Als der Mageninhalt des Jungen im nächsten
Kanalgitter verschwand, stellte er sich verlegen als
Cole vor. »Ich muss das melden«, meinte er mit
unverkennbarem Mundgeruch.

Da Cole momentan wirkte wie ein Rehkitz bei den
ersten Gehversuchen, bot Ambria an, ihn zu
begleiten. Unterwegs unterhielten sich die beiden
über ihre Kindheit, die unterschiedlicher nicht hätte

sein können. Ambria hatte die Insel des Schicksals noch nie verlassen, wohingegen Cole als Sohn eines reichen Kaufmanns der kaiserlichen Insel bereits viel herumgekommen war und faszinierende Geschichten von seinen Reisen auf Lager hatte.

Sir Pratter, der Gildenleiter der Wache, war gerade dabei, einen neuen Rekord im Stuhl-Balancieren aufzustellen. Er wippte langsam auf zwei Stuhlbeinen hin und her, während seine eigenen Beine auf dem Schreibtisch ruhten. Je weiter Cole mit der Geschichte fortfuhr, desto mehr neigte sich der Stuhl nach hinten, bis er beim Wort »Leiche« endgültig kippte und Sir Pratters Hut in weitem Bogen von seinem Kopf flog. Nachdem er sich wieder aufgerappelt hatte, bekräftigte Sir Pratter, sich der Sache anzunehmen, und gab Cole den Rest des Tages frei. Cole nahm dieses Geschenk dankend an und kehrte in Begleitung von Ambria zurück in sein Zimmer.

Agathyl und Gareth halfen Cole auf ihre eigene Art bei der Verarbeitung seines schockierenden ersten Arbeitstages. Sie waren derartig in ihre Aufgabe vertieft, dass sie gar nicht bemerkt hatten, wie Ambria am Türrahmen lehnte.

Sie räusperte sich.

Das Zimmer der drei Jungen war nach wie vor in einen Schleier der Ignoranz gehüllt.

Sie räusperte sich erneut. Dieses Mal drang ein so lautes Geräusch aus ihrem Hals, dass ihr eine freundliche Passantin ein Bonbon anbot.

Nun wurde auch die Männerrunde aufmerksam. Gareth starrte zur Tür und hob verführerisch seine linke Augenbraue ein wenig an. Cole versuchte, die drei einander vorzustellen, wurde jedoch bereits beim ersten Laut abgewürgt.

»Du!«, riefen Ambria und Agathyl wie aus einem Munde.

»Jetzt wird's spannend«, lautete der konstruktive Kommentar seitens Gareth.

»Ihr beide kennt euch?«, fragte Cole verwirrt.

»Der Wahnsinnige hat gestern bei der Gildenzuteilung an meinen Haaren geleckt!« Ambria spuckte Agathyl das Bonbon entgegen.

»An deinen Haaren geleckt?«, entgegnete Agathyl gellend. »Das ist doch wohl ein schlechter Witz! Du hast sie mir quasi in den Mund geschoben! Es stecken noch immer welche zwischen meinen Zähnen.«

Cole blickte zwischen den beiden Streithälsen hin und her, während sich Gareth genüsslich zurücklehnte.

Der Disput dauerte noch ein Weilchen an, bis sich Ambria und Agathyl schließlich auf das Offensichtliche einigten: Die Halle war schlichtweg überfüllt gewesen, und so hatten sich Agathyls Mund und Ambrias Haarpracht nun mal einen Platz teilen müssen.

Gareth war enttäuscht über den glimpflichen Ausgang des Streits und versuchte, die Diskussion mithilfe diverser Kommentare über Ambrias Frisur neu zu entfachen. Dies gelang ihm trotz seiner an Perfektion grenzenden Sprachkunst nicht.

Von Geckoeiern und Raketenschuhen

Die Tür mit der Nummer vier bebte. Cole und Agathyl zogen sich gerade an, Gareth hingegen lag noch im Bett und warf sein Kissen durch den Raum, als es erneut klopfte.

Cole öffnete die Tür einen Spaltbreit und warf sie gleich wieder zu. »Grashalm-Theologen«, flüsterte er mit angsterfüllten Augen.

»Und jetzt? Wir müssen zur Arbeit«, meinte Agathyl gestresst, bis er bemerkte, dass es sich nicht lohnte, sich für ein Dienstverhältnis zu stressen.

Gareth schnarchte bereits wieder.

Sie öffneten die Tür erneut.

»Glauben Sie an die Wiedergeburt?«, begann einer der beiden Grashalm-Theologen.

»Denn möglicherweise ist es Ihnen nicht bewusst, dass wir alle einmal Grashalme waren und nach unserem Tod auch wieder zu einem solchen werden«, fuhr der andere fort.

Die beiden entsprachen äußerlich eigentlich dem Durchschnitt. Das heißt, abgesehen von den dampfbetriebenen Raketenschuhen, die sie zum Überqueren kleinerer Grünflächen nutzten, und natürlich der etwas anzüglichen Lederkleidung. Wie aus dem Nichts zauberte jeder der beiden ein Magazin hervor. Sie hielten die jeweils neueste Ausgabe *Wachsender Grashalm* und *Erblühet* vor ihre Brust und setzten ihr theologisches Gewäsch fort. Dabei blockierten sie die Tür dermaßen geschickt, dass jeder Versuch seitens der genervten Gildenlehrlinge, hindurchzuschlüpfen, vergebens blieb.

»Dürfen wir vielleicht eintreten und das etwas näher erläutern?«, fragten die Grünflächen-Fanatiker im Chor.

Agathyl und Cole blickten einander tief in die Augen. Derselbe Gedanke schoss gleichzeitig durch ihre Köpfe, und sie grinsten über das ganze Gesicht.

»Wissen Sie, wir sind etwas spät dran …«, begann Cole.

»… aber unser Freund hier meinte erst gestern, dass er sich etwas näher mit Religion auseinandersetzen wolle«, beendete Agathyl den Satz.

Sie traten einen Schritt zur Seite und ließen die Grashalm-Theologen passieren. Anschließend schlossen sie in Windeseile die Tür hinter sich und stürmten davon. Am Fahrstuhl verabschiedeten sie sich, und Agathyl nahm die nächste Lore zum Gipfel des hohlen Berges, während Cole den Weg in ein niedriger gelegenes Stockwerk antrat.

Im Hauptquartier der Wache war das Chaos ausgebrochen. Cole erkannte seine Kollegen und Vorgesetzten kaum wieder. Während gestern noch alles nach einem Wettstreit der Faulenzer und Nasenbohrer ausgesehen hatte, liefen die Wachen heute quer durcheinander, schrien, fluchten und fuchtelten wild mit den Armen herum.

»Sir Pratter will dich sehen«, murmelte ein anderer Wachenlehrling, als Cole das Gebäude betrat.

Cole dachte sich, dass ihm wohl aufgrund seines Leichenfunds eine ganz besondere Aufgabe im Rahmen der Ermittlungen zuteilwerden würde. So ganz unrecht hatte er damit nicht.

»Du hältst dich da raus«, lallte Sir Pratter. »Hast schon genug durchgemacht. Mehr als ich einem von euch gern zumuten möchte. Und ich hab keine Lust, dass sie deinetwegen die Psychiatergilde wieder ins Leben rufen. Aber ich hab da genau die richtige Aufgabe für dich.« Er wies Cole an, sich im Reitgecko-Stall nebenan einzufinden.

»Ah, du musst mein neuer Gehilfe sein«, grölte ein Mann, der selbst für ein Mitglied der Wache unterbelichtet wirkte.

Coles erste Aufgabe war es, den Sandboden im Stall aufzulockern.

»Is trächtig, die Kleine«, fuhr der Mann fort und deutete auf einen der Reitgeckos.

»Seh ich aus wie ein verdammter Tierarzt?« Coles Begeisterung über seine neue Aufgabe hielt sich merkbar in Grenzen.

»Nein, wieso?« Der Stallbursche wurde anscheinend zum ersten Mal mit Sarkasmus konfrontiert.

Agathyl blühte in seinem Job als Gärtner auch nicht gerade auf. Die Anstrengungen begannen bereits an der Pforte zum Bonsaiwald. Denn nachdem ihn die Tür am gestrigen Tag bereits relativ verstimmt verabschiedet hatte, wollte sie sich heute einfach nicht öffnen. Erst das Versprechen, die Türangeln einmal die Woche mit frischem Öl zu beträufeln, verschaffte dem Nachwuchsgärtner Einlass. Doch viel mehr scheute sich Agathyl vor dem, was noch kommen sollte. Er musste sich schließlich auch noch bei Rhys entschuldigen.

Der junge Gärtner atmete tief ein, als er sich der kleinen Hütte am Waldrand näherte. Die Tür stand offen, und es klangen Geräusche von wild durcheinandergeworfenen Gegenständen nach draußen. Es erinnerte den Jungen etwas an den gefühlt wöchentlich stattfindenden Frühjahrsputz seiner Mutter.

»Da bist du ja endlich, Junge«, quiekte Rhys, als er durch die Tür ins Licht trat. »Dachte schon, du tauchst nicht mehr auf nach unserer kleinen Auseinandersetzung gestern. Schön, dass du da bist!«

Rhys klopfte Agathyl kräftig auf die Schulter, woraufhin dieser das Gleichgewicht verlor und seinerseits kräftig mit der anderen Schulter auf dem Boden aufschlug. Das war nicht unbedingt die Reaktion, die Agathyl erwartet hatte. Vielmehr hatte er befürchtet, er würde den Rest des Tages damit verbringen, die Tonschalen sämtlicher Bäume zu polieren.

Dies scheint ein passender Zeitpunkt zu sein, um ein weiteres Mysterium anzusprechen – wo auch immer jemand eine Aufgabe als Strafe ansieht, findet sich auch jemand, der diese als Belohnung deuten würde.

»Ich dachte, wir könnten es heute etwas entspannter angehen. Was hältst du davon, wenn wir ein paar Tonschalen polieren?« Rhys strahlte vor Euphorie.

Agathyl schnaubte.

Sie arbeiteten sich langsam zur Mitte des Waldes vor. Optimisten würden meinen, bald wäre die Hälfte geschafft, Agathyl hingegen dachte an den stetig länger werdenden Weg, um frisches Wasser zu holen.

Im Zentrum des Waldes wartete ein weiteres polarisierendes Gestrüpp. Auf einer Insel, die von einer sprudelnden Quelle umarmt wurde, thronten zwei sich umschlingende Bäume, die alle anderen Gewächse im Bonsaiwald überragten. Einer wurde von einer blendend weißen Rinde geschützt und von knallroten Blättern geschmückt, während die Äste des anderen Baumes sich in einem rotbraunen Farbton präsentierten und zartblauen Blättern das Leben schenkten.

»Das ist Ynwa! Der erste Baum der Nexusinseln.«

Agathyl wollte nicht näher darauf eingehen, dass es sich eigentlich um zwei Bäume handelte und prüfte hüpfend die Stabilität der kunstvoll verzierten Brücke zur Insel. Rhys wirkte wie ein verliebter Teenager, der seiner großen Liebe hinterherspannte und auf eine recht unbehagliche, wenngleich romantische Weise lächelte. Agathyl erinnerte sich, einmal einen ähnlichen Gesichtsausdruck auf einem Bild mit dem Titel *Nein, ich bin kein Massenmörder. Wieso fragt ihr?* gesehen zu haben.

Eines stand fest, Rhys war ebenso wenig ein Massenmörder, wie er ein verliebter Teenager war.

Agathyl betrachtete argwöhnisch die verdreckte Fläche der Tonschale, die nur darauf wartete, wieder zu glänzen.

Da diese Aufgabe einige Zeit benötigen würde, hielt es der Autor für sinnvoll, ja gar notwendig, die Handlung möglichst weit von jeglichen Putzdiensten der Nexusinseln wegzutragen und sich folgendem Mysterium zu widmen: Was treibt Gareth eigentlich den ganzen Tag?

Die Tür hatte sich geschlossen, und dennoch konnte Gareth es fühlen, er war nicht allein im Raum. Blicke durchlöcherten seinen Rücken.

»Verzeihung, hätten Sie einen Moment?«, hallte es von der anderen Seite des Zimmers.

Gareths Antwort gliederte sich in drei Schritte.

Erstens – den Unbekannten abweisend zuwinken.

Schritt zwei bestand darin, sich das Kopfkissen über den Kopf zu ziehen.

Und schließlich drittens – darauf vertrauen, dass sich dieses Ungeziefer bald verzog.

Eine halbe Stunde war vergangen, und die Blicke durchbohrten den Raum nach wie vor. Ein Kissen flog zu Boden, ein entnervter Gareth zog sich seinen Morgenmantel über, würdigte die beiden Grashalm-

Theologen keines Blickes und verließ wortlos den Raum.

Jeder Bewohner der Nexusinseln hat sein eigenes morgendliches Ritual. Manche brauchen jemanden, um sich über das schlechte Wetter zu beschweren. Andere rollen eine Matte auf dem Boden aus und strecken ihren Hintern himmelwärts. Gareth war in dieser Hinsicht recht einfach gestrickt – eine Tasse grüner Tee und Ruhe. Ersteres schenkte er sich gerade im Gemeinschaftsraum des achtundzwanzigsten Stockwerks ein. Um Letzteres wurde er an diesem Morgen leider betrogen.

»Okay, was muss ich tun, damit ihr verschwindet?« Gareth war alles andere als begeistert, dass die beiden noch immer geduldig auf Agathyls Bett saßen.

»Wir würden uns gern über die unsterblichen Seelen der Pflanzen dieser Welt unterhalten.«

»Oh Gott!« Gareth bemerkte, wie aussichtslos seine Situation war.

»Keine Blasphemie bitte, wir wissen wohl alle, dass es so etwas wie einen Gott nicht gibt.«

»Genau, es gibt lediglich uns, die wir einst Grashalme waren und nach unserem Tod wieder zu solchen werden.«

Die Art und Weise, wie sich die beiden Grashalm-Theologen andauernd gegenseitig ergänzten, trieb Gareth in den Wahnsinn. Er musste handeln.

Eine kurze Diskussion später, die an ein Verkaufsgespräch auf dem altkaiserlichen Basar erinnerte, verließen allesamt das Zimmer und wirkten dabei mehr oder weniger zufrieden.

Entgegen Gareths allgemeiner Überzeugung musste auch er irgendwann an seinem Arbeitsplatz auftauchen. Die Bibliothek wurde bis auf ein paar von Gareths Kollegen kläglich besucht, was vorwiegend an der allgemeinen Abneigung gegenüber dem geschriebenen Wort lag. Bücher hatten wohl nicht mehr die Bedeutung wie in vergangenen Zeiten.

Gareths Hauptaufgabe hatte ebenfalls erstaunlich wenig mit Büchern zu tun. Es war an ihm, die heutigen Zeitungen auf den Tischen der Bibliothek auszulegen. Den Lesern standen zahlreiche unterschiedliche Schundblätter zur Auswahl, wenngleich an diesen Tagen alle vom selben Thema beherrscht wurden.

Von kleinen Zeitungen, wie dem *Inselboten,* bis hin zur großen *Nexington Post,* alle berichteten über den ersten Mord auf der Insel des Schicksals. Die Titel fielen dabei unterschiedlich kreativ aus:

›Troll erdrosselt aufgefunden – das wahre Gesicht unseres Bildungssystems.‹

›Die modernen, mordenden Anhänger des Kaisers.‹

›Wer steckt hinter dem Bündnis der ewigen Treue?‹

›Mord im hohlen Berg – Einzelfall oder der Beginn einer Revolte?‹

Gareth langweilten die Storys bereits jetzt. »Seien wir doch mal ehrlich, Tausende Heranwachsende auf einer Insel zusammengepfercht. Es grenzt wohl eher an ein Wunder, dass es so lange gedauert hat.«

Die erste Bibliothekarin reagierte mit einem bestürzt trauernden Gesichtsausdruck auf Gareths Gedankengang. Snow, ein weiterer Bibliothekarslehrling, versuchte, ein Lächeln zu verbergen.

Gareth wandte sich schulterzuckend ab und schnappte sich einen Apfel aus der nahe stehenden Obstschale.

Cole schien weitaus mitgenommener zu sein. Nicht nur, dass er der erste Wachmann am Tatort gewesen war. Nein, jetzt wurde er auch noch gänzlich von den Ermittlungen ausgeschlossen und durfte zum Dank auch noch den ganzen Tag ein Reitgecko-Weibchen dabei beobachten, wie es ein passendes Plätzchen zum Vergraben seiner Eier suchte.

Aus Langeweile begann er damit, das Verhalten des Tieres leise zu kommentieren. Aus einem nicht erkennbaren Grund heraus trug der Reitgecko in Coles Vorstellung ein Monokel und sprach in einem Dialekt, der früher dem Adel vorbehalten war.

»Dies erscheint mir ein respektabler Ort zu sein, um meine Eier zu platzieren und so den Fortbestand meiner Linie zu sichern«, flüsterte Cole und ahmte dabei das Stapfen des Reitgeckos nach. »Ach du meine Güte, ist das etwa ein spitzes Sandkorn? Moment, die sind ja alle spitz. Diese scharfen Kanten könnten tiefe Schnitte in den Eierschalen hinterlassen. Welch abscheuliche Vorstellung.«

Cole war der nasalen Aussprache schließlich überdrüssig geworden und beschränkte sich fortan auf das Nachahmen der Stapfgeräusche. Er wurde dabei immer lauter und vergaß, dass der Stallaufseher nach wie vor hinter ihm stand. Dies führte zu einer recht amüsanten Situation, denn es waren nun zwei Personen in einem Raum, und beide hielten sich gegenseitig für absolute Vollidioten.

Für einen Vollidioten hielt sich auch Agathyl, der trotz der nahe liegenden Quelle immer an den Waldrand zurückeilte, um frisches Wasser zu besorgen. So hat wohl jeder seine Gründe, sich selbst oder andere als etwas plemplem anzusehen.

Das Trio aus dem Zimmer Nummer vier harmonierte daher perfekt miteinander. Die beiden Idioten und Gareth, der sich zumeist so fühlte, als wäre er in eine Zivilisation der Idiotie hineingeboren worden, in der er die alle anderen überstrahlende Ausnahme darstellte.

Agathyl und Cole waren wieder in ihrem Zimmer angelangt und fanden eine merkwürdige Nachricht auf dem Schreibtisch.

Wir treffen uns vor dem Eingang zum hohlen Berg. Bitte beeilt euch, es geht um Leben und Tod!
Gareth

Die Tatsache, dass er einige Stunden später mit der Arbeit begonnen hatte, hinderte Gareth anscheinend nicht daran, vor allen anderen damit aufzuhören.

Cole und Agathyl eilten das Innere des Berges hinab und stießen auf dem Weg mit zahlreichen anderen Bewohnern zusammen. Draußen angelangt gingen sie erschöpft in die Hocke und schnauften einige Male tief durch. Schweiß tropfte in Agathyls Augen, weshalb er nur Gareths vage Umrisse erkannte, der wenige Meter vor ihnen wild mit den

Armen gestikulierte. Agathyl packte Cole an der Schulter, und sie schleppten sich mühsam ans Ziel.

»Was ist los?«, schnaufte Cole, der kaum zu sprechen vermochte.

»Ich habe gemordet«, meinte Gareth mit entsetzter Miene. »Genauso wie ihr.«

Agathyl und Cole blickten sich teils ratlos, teils verstört an.

»All die Jahre haben wir mutwillig die unschuldigen Seelen der Grashalme zertrampelt.« Kaum waren diese Worte über Gareths Lippen gelangt, formte sich ein schelmisches Grinsen auf seinem Gesicht. »Nachdem ihr die beiden Photosynthese-Extremisten heute Morgen so bereitwillig in unser Heim eingeladen habt, dachte ich mir, ihr würdet diese Beziehung gern vertiefen. Und deshalb war ich so frei, uns allen eine Mitgliedschaft zu sichern.« Voller Freude überreichte Gareth jedem seiner beiden Freunde ein Paar Raketenschuhe, wie sie die Grashalm-Theologen von heute Morgen getragen hatten.

Die Mimik der beiden glich nun dem exakten Gegenteil von Gareths Grinsen. Sie erinnerte ein wenig an die Bilderserie *Grumpy Neximals*.

»Jetzt schau doch nicht so überrascht, Aga.«

»Aga? Ist das dein verfluchter Ernst, Gareth?«
Agathyls Arme nahmen eine fragende Stellung ein.

»Also ich finde Aga ja recht passend«, fügte Cole hinzu, der sich ein spitzbübisches Grinsen nicht verkneifen konnte.

»Ach, halt doch die Klappe, Co! Ja, das wäre doch ein toller Name für uns – Aga, Gaga und Co.«

Der Einzige, der Agathyls Vorschlag wohl nicht ganz so abwegig fand, war Gareth, der kurz nachdenklich dreinblickte und anschließend zustimmend nickte.

»Ist doch egal, lasst uns lieber herausfinden, wie man diese Dinger hier startet.« Cole hatte den Blick recht schnell auf seine neuen Raketenschuhe gelenkt und den damit verbundenen Sektenbeitritt gänzlich verdrängt.

Agathyl entdeckte einen winzig kleinen Dampf-kessel an der Seite der Schuhe und war froh, dass endlich ein Mysterium gelöst werden konnte, ohne dies der allmächtigen Magie zuzuschreiben. Magie war schon beeindruckend und so weiter, aber manchmal war es einfach beruhigend, eine vertraute Erklärung in scheinbar unverständlichen Sachver-halten zu erkennen.

Das Trio schlüpfte in die Schuhe und setzte die Dampfkessel mit dem leichten Ziehen an einem

Kettchen in Gang. Unter ihren Füßen konnten sie jeweils zwei Pedale fühlen – ein schmales und ein breiteres. Die schmalen Pedale, welche sich unter den großen Zehen befanden, erhöhten den Schub, die breiteren wurden mit den Fersen bedient und verringerten den Schub der Dampfraketendüsen.

Nun bedurfte es nur noch einer Winzigkeit an Talent für die Gleichgewichtsverlagerung, um die Flugrichtung zu bestimmen. Die drei Jungen erwiesen sich jedoch als gänzlich untalentiert.

Gareth krachte bereits kurz nach dem Start in Cole und verschuldete somit dessen Absturz. Agathyl gelang die Bruchlandung auch ohne Fremdeinwirkung. Nachdem er Cole erwischt hatte, schlug Gareth noch zwei Saltos und fühlte schließlich ebenfalls wieder festen Boden unter der Nase.

Der logische nächste Halt für die drei Freunde war die Krankenstation, wo sie feststellten, dass ihnen weit Schlimmeres hätte widerfahren können. Ein paar Betten weiter lag ein Junge, der seiner Kleidung nach zu urteilen wohl der Bergbaugilde angehörte. Er schrie schmerzerfüllt auf, als die Heilerin versuchte, einen ellenlangen Nexuskristall aus seiner Nase zu entfernen. Cole wurde mit fünf Stichen genäht, während für die Schürfwunden der anderen beiden Heilkräuterverbände ausreichend erschienen.

Die Tür zur Krankenstation öffnete sich und wurde schleunigst wieder geschlossen, bevor sich die schmerzerfüllten Schreie ausbreiten und somit die gesunde Bevölkerung belästigen konnten.

»Schaut mal, wer sich da um uns sorgt«, hustete Cole, als er Ambria nahe der Tür entdeckte.

Die Zwergin eilte herüber. »Was macht ihr denn hier?«, fragte sie gleichgültiger, als es die Jungen erwartet hätten.

»Du bist also nicht wegen uns ...? Äh, was machst du hier?« Cole versuchte, die Enttäuschung in seinem Tonfall zu verbergen.

»Forschung. Als hätte die Gilde der Hochwissenschaften überhaupt nichts aus der Vergangenheit gelernt.« Ambria spielte hierbei auf die medizinische Revolution dreihundert Jahre zuvor an.

Den Gilden der Hochwissenschaften und dem allgemein-magischen Medizininstitut gelang damals ein bemerkenswerter Durchbruch – sie offenbarten das Geheimnis der Unsterblichkeit. Ein Geheimnis, das wenige Jahre später aufgrund tatkräftiger Proteste seitens der Gilde der Rentenvorsorge wieder tief begraben wurde – zusammen mit den beteiligten Forschern. Aber hey, sie waren eine Zeit lang unsterblich, wenn auch nur für rund drei Jahre.

»Nette Schuhe«, fügte Ambria hinzu.

Nun war es abermals Zeit für Gareths großen Auftritt. »Freut mich, dass sie dir gefallen.« Er kicherte und zog ein weiteres Paar hinter dem Krankenbett hervor.

»Das meinst du nicht ernst!« Ambrias Gesichtsfarbe glich nun dem Rot ihrer Haare.

Abermals schwang die Tür auf und offenbarte die pelzigen Umrisse eines Neximals. »Oh mein ... Agathyl geht es dir gut?«

»Alles okay, Adam.« Agathyl freute sich über einen tatsächlich besorgten Besucher.

»Bin ich froh! Vorhin, als ich noch schnell etwas Gerste ernten wollte, sah ich euch herumschweben. Zuerst traute ich meinen Augen nicht, doch dann sah ich euch abstürzen und ...«

»Danke, aber es ist alles bestens«, versuchte Agathyl, den aufgebrachten Neximal zu beruhigen.

Doch Gareth stand auf Aufregung und zauberte ein weiteres Raketenschuhpaar hervor.

»Äh, danke?«, meinte Adam verwirrt.

»Willkommen im Club der unfreiwilligen Grashalm-Theologen.« Mit einem Hauch von Sarkasmus beendete Agathyl das Gespräch. Besser gesagt, er wollte es beenden.

Cole beanspruchte die Ehre des letzten Wortes jedoch für sich: »Gut gesprochen, Aga.«

Die Narben dieses Tages sollten verblassen, nicht jedoch Agathyls neuer Spitzname und auch nicht die umstrittene Religion der kleinen Gruppe.

Der PBPM

Ein immer wiederkehrendes Mysterium, das die Nexusinseln seit Einführung des demokratischen Gildensystems plagt, ist der plötzliche Gedächtnisverlust in Bezug auf die Wahlversprechen. Diese Versprechen werden offenbar zusammen mit den Wahlurnen versiegelt und fortan in den ungenutzten Hirnarealen der Wahlkampfleiter archiviert.

Ein ähnliches Muster zeichnet sich auch bei den Auszubildenden auf der Insel des Schicksals und dem vorgesehenen Theorieteil ihrer Ausbildung ab. Obwohl dieser Teil bereits seit Jahrhunderten zum Prozedere der Schicksalsfindung gehört, bestreiten die Betroffenen gern, jemals von der Existenz eines solchen Theorieabschnitts gehört zu haben. Zumindest die meisten von ihnen, denn Agathyl freute sich auf den ersten Tag des Theorieunterrichts. Cole konnte sich etwas weniger dafür begeistern, und Gareth – war nun mal Gareth. Ambria hingegen zweifelte daran, dass ihre Ausbildung noch theoretischer werden konnte, sie verbrachte ohnehin schon den Großteil ihrer Tage zwischen Büchern und alten Besserwissern.

Ambria, Gareth und Agathyl durften gleich einmal ihre Mathematikkenntnisse auffrischen. Als Mitglied der Wache blieb Cole diese Tortur erspart, da die einzufordernden Geldstrafen ohnehin selten die Fingeranzahl überstiegen und sie sonst ebenfalls nicht viel mit Zahlen am Hut hatten.

Der Mathematikunterricht erwies sich als etwas eigen, und der Lehrer, Professor Calratio, wirkte ein klein wenig übermotiviert. Er faselte fortwährend von der Liebe zwischen Zahlen und präsentierte ein passendes Buch, in welchem sich die Zahl Achtundzwanzig in die Sechsunddreißig verknallte. Auf die Frage, wofür das denn alles gut sei, antwortete er mit erbostem Tonfall: »Damit ihr endlich kapiert, dass ihr eine echte Teilmenge der Idiotie darstellt.« Es folgte ein unheimliches Lächeln.

Gareth kicherte.

»Oh geliebte Sechsunddreißig …«, begann Calratio.

Gareths Kichern verstummte. Kurz darauf warf er eine zusammengeknitterte Kritzelei gegen Agathyls Hinterkopf, der es sich inzwischen auf der Tischplatte bequem gemacht hatte. Es dauerte ein wenig, bis er Gareths Zeichenkünste entziffern konnte, aber dann war sich Agathyl ziemlich sicher, dass es sich dabei um eine Aufforderung handelte, Gareth von seinem Leid zu erlösen – und zwar sofort.

Zwei Stunden später, nach einem steinigen Weg voller Liebe spendender Multiplikationen und böser Dividenden-Rowdys hielten sich Achtundzwanzig und Sechsunddreißig endlich in den Armen, und die Schüler durften gehen, beziehungsweise zuerst aufwachen und anschließend gehen.

Für Ambria und Agathyl ging es als Nächstes zum Fach *Brauen nützlicher Tränke,* Gareth durfte sein Wissen in *Literatur der präkaiserlichen Zeitalter* unter Beweis stellen.

Cole saß bereits seit zwei Stunden in einem etwas merkwürdigen Vortrag namens *Situationen, in denen ihr besser um Hilfe bittet, und jene, in denen ihr lieber schreiend davonlauft.*

Apropos schreien – der Autor hielt es aufgrund der zunehmend abfallenden Dramaturgie-Kurve für angemessen, hier den zweiten Mord dieser Geschichte anzusetzen.

Die Leiche eines Zwerges wurde an diesem Vormittag nur wenige Schritte neben Coles Klassenzimmer aufgefunden. Wie beim ersten Mord schien der Tod durch Erdrosseln eingetreten zu sein. Ebenso prangte eine eingeritzte Krone auf der blutverklebten

Stirn. Zudem war der Zwerg post mortem entehrt worden, indem man ihm eine glatte Rasur verpasst hatte. Dies erschwerte die Identifizierung des Opfers. Wie allseits bekannt ist, sind Zwerge bereits bei der Geburt mit einer unüberschaubaren Gesichtsbehaarung gesegnet. Dieser Babybart führt dazu, dass eigentlich niemand weiß, wie der Zwerg ohne Bart aussehen würde – nicht einmal er selbst.

Die Situation schien also recht knifflig, vergleichbar mit dem Versuch, die Hände eines Minenarbeiters kurz nach einer Pediküre zu erkennen.

Der Vorfall hatte zur Folge, dass der gesamte Unterricht für den Rest des Tages abgesagt wurde. Abgesehen von den Mitgliedern der Wache und einigen Verantwortlichen, die ihre Zuständigkeit nicht rechtzeitig abstreiten konnten, hatte nun also jeder einen Tag lang frei – mordfrei, wenn man so möchte.

Von diesem Umstand profitierten vor allem die Anhänger drittklassiger Liebesromane, denn die Autorin Steph Greyson war am heutigen Morgen im hohlen Berg eingetroffen. Ursprünglich sollte sie als Gastreferentin dienen, aufgrund des entfallenen Unterrichts entschloss sie sich jedoch dazu, in einer lauschigen Ecke der Bibliothek einige Widmungen und Autogramme zu schreiben. Ihre Fans reagierten dabei mit Schreien, Tränen und ellenlangen Erklärungen, wie lange sie bereits von diesem Moment geträumt hatten.

Ähnliche Reaktionen auf eine Unterschrift wurden bei Mitgliedern der Bankengilde beobachtet, wenn ihre Kunden endlich den Kreditvertrag unterzeichneten und sich dabei auch noch über den variablen Zinssatz freuten. Im Laufe der Zeit lernten die Bankengildenmitglieder jedoch, sich akkurat zu verhalten, was auch immer das zu bedeuten hatte, und beließen es fortan bei Händereiben und schelmischem Grinsen.

»Zum allerletzten Mal: Wir verhaften niemanden, weil er seine Zeitungen nicht ordnungsgemäß zusammengelegt zurück auf den Stapel legt!«, hallte es durch den Empfangsraum der Wache, als Cole dort eintraf. Zu seiner Verwunderung erblickte er Gareth, wie er wild gestikulierend mit Sir Pratter diskutierte.

»Und was ist mit der anderen Sache?«, warf Gareth ein.

»Nein«, entgegnete Pratter. »Wir verhängen auch keine Lesungsverbote für Autoren, die deiner Meinung nach nicht gut genug sind.«

»Meiner Meinung nach? Sie haben es ja nicht anders gewollt.« Gareth öffnete ein Buch und blätterte abschätzig darin. »Kapitel zwölf: ›Alfons presste seine kalten Lippen auf ihren Hals, sodass sie erschauderte. Doch war es aufgrund der Kälte? Oder war es vielmehr ein Schauer der Leidenschaft?‹« Gareth schloss das Buch und warf es rücklings über die Schulter. »Q. e. d.[1], mein lieber Hauptmann. Q – E – D!«

Sir Pratter setzte eine nachdenkliche Miene auf, schüttelte dann jedoch den Kopf und erklärte Gareth, dass dies nichts daran ändere. Anschließend floh der Hauptmann ohne Verabschiedung in sein Büro.

»Alles in Ordnung?«, begann Cole zaghaft.

»In Ordnung? Gar nichts ist in Ordnung«, erwiderte Gareth. »Nicht nur, dass ich meine freien Stunden erst mal mit dem Zusammenlegen anstatt mit dem Lesen von Zeitungen verbringen darf, nein, da meint auch noch diese absurd lächerliche Schundautorin, sie müsse ihr sogenanntes Werk direkt vor meiner Nase vortragen.« In Begleitung nicht weniger Kraftausdrücke verließ Gareth schließlich die Wache.

Cole blieb verwirrt zurück, steuerte daraufhin das Büro des Hauptmanns an und klopfte zweimal kräftig gegen die hölzerne Tür.

---

[1] q. e. d. – Eine Fußnote? Ernsthaft? Befragt doch lieber die Suchmaschine eures Vertrauens.

»Ah, Cole. Genau der Junge, den ich sprechen wollte«, empfing ihn Sir Pratter mit ernstem Tonfall.

»Soll ich wieder den Stall ausmisten?«, fragte Cole.

»Nein, ganz im Gegenteil. Es geschah nun bereits zum zweiten Mal ein Mord in deiner unmittelbaren Nähe.«

»Sie denken doch nicht etwa, ich …«

»Du meine Güte, nein. Ich dachte nur, es ist vielleicht doch an der Zeit, dich in die Ermittlungen mit einzubeziehen.«

»Vielen Dank, Hauptmann. Ich werde Sie bestimmt nicht enttäuschen.« Cole dachte kurz daran, ob es verwerflich sei, sich über die Teilnahme an einer Mordermittlung zu freuen. Er verwarf den Gedanken schulterzuckend.

»Da sich dieser Fall als etwas schwieriger erweisen dürfte«, sagte Sir Pratter, »habe ich einen Experten hinzugezogen, der uns ein wenig unter die Arme greift. Am besten gehst du morgen mal zu ihm.«

Was hier soeben geschah, glich einem Wunder. Cole würde tatsächlich eine Aufgabe übernehmen, die einem vollwertigen Mitglied der Wache entsprach. Eine ähnlich verwunderliche Situation wäre es, wenn ein Auszubildender der Tischlergilde den Besen in seiner Hand plötzlich gegen eine Säge ausgetauscht hätte. Oder wenn sich das Pendant in der Versorgergilde dem Kreieren neuer Rezeptideen anstatt der Erledigung des Abwasches widmen würde – welch absurde Vorstellung.

Spinnweben hüllten Coles Zunge in ein wohliges Gefühl der Geborgenheit. Eine Geborgenheit wie das Geschenk der Umarmung einer Mutter an ihren pubertierenden Sohn inmitten eines rege besuchten Marktplatzes. Cole befreite seine Zunge von der unwillkommenen Geste der Geborgenheit.

Bis zum heutigen Tag hatte er nicht einmal gewusst, dass der hohle Berg auch noch unzählige Untergeschosse umfasste. Die Tunnel erinnerten Cole an die Katakomben unter der Stadt Nexington, in denen er als Kind oft gespielt hatte. Sie waren dunkel und feucht. Gelegentlich wurden ein paar Stellen von noch nicht gänzlich erschöpften Nexuskristallen ausgeleuchtet. Cole war dennoch froh, eine Fackel bei sich zu haben. Habe ich bereits die Spinnweben erwähnt? Spinnen waren zum Glück keine zu sehen. Dabei kam jedoch die Frage auf, ob dies wirklich eine gute Nachricht darstellte. So gern er als Kind auch an Orten wie diesem gespielt hatte, heute konnte sich Cole beim besten Willen nicht vorstellen, länger in solch einer fauligen Dunkelheit zu verweilen.

Der Staub wirbelte eine knöchelhohe Wolke auf, als Cole tiefer in die Stollen vorstieß. Von Zeit zu Zeit hustete das Wölkchen leise, verlor dabei kurzzeitig seine Wolkenform und bildete stattdessen verschiedenste geometrische Formen. Wenig später staubte es jedoch wieder seelenruhig vor sich hin, bis sein Schöpfer plötzlich stehen blieb. Ein letztes Husten und der verzweifelte Versuch, die irdische Form zu erhalten, dann sanken die Körner flüsterleise zu Boden. Der Herr gibt es, und der Herr nimmt es. Oder die Frau. Natürlich sind auch Frauen imstande, grausame Staubwolkenmörderinnen zu sein. Die zahlreichen Initiativen, die versuchten, Aufmerksamkeit auf das Staubwolkensterben zu lenken, waren bisher fast ausschließlich auf Ignoranz gestoßen.

Der Grund für Coles Halt war die sich lichtende Dunkelheit. Ein gesundes Misstrauen gegenüber dem Licht am Ende des Tunnels hält den Tod auf Abstand, heißt es immer. Der Tod gab diesbezüglich jedoch an, er habe keinerlei Probleme mit dunklen Orten und wäre in solchen Fällen durchaus dazu bereit, den verirrten Seelen ein, zwei Schritte entgegenzukommen. Bis Cole gänzlich im Licht stand, mussten noch sieben weitere Staubwolken ihr Leben lassen.

Tausende fein geschliffene Nexuskristalle waren in die Kuppel des hell erleuchteten Raumes eingelassen und erstrahlten in einer schier unvorstellbaren Farbenpracht. Wie kleine Feen tanzten die bunten Lichter durch die Luft. Ein wahrlich atemberaubendes Schauspiel, das Cole jedoch in keiner Weise berührte. Diese nüchterne Reaktion auf die farbenfrohe Schönheit schien eng mit Coles Händen zusammenzuhängen, die er fest auf seine Augen presste. Das war auf einen uralten Mythos zurückzuführen, der besagt, das Böse könne einen nur dann erkennen, wenn man es auch selbst erkennt. Der Tod ließ sich seinen Kommentar abermals nicht nehmen und meinte, er schrecke auch nicht davor zurück, Blinde hinüberzugeleiten.

Etwas zog an Coles linkem Hosenbein. Er stotterte sämtliche Gebete, die ihm einfielen.

»Hier unten«, piepste es. Die Stimme klang nicht so, wie man sich jene des Todes vorstellen würde. Natürlich vermochten nur äußerst wenige, die Stimme des Gevatters genau zu beschreiben. Die meisten waren nach einem solchen Gespräch nicht mehr sonderlich redselig. In den seltenen Fällen, dass eine Begegnung tatsächlich mit einem freundlichen Händedruck endete, gab es meistens wichtigere Fragen, als jene nach der Stimme des Todes.

Zum Beispiel die Frage nach seinem Aussehen. Doch auch hier wichen die Beschreibungen stark voneinander ab. Was demzufolge drei Schlüsse zuließ.

Entweder es gab mehrere von diesen Bastarden oder der Tod war ein Gestaltwandler, der für jeden seiner »Klienten« ein eigens ausgewähltes Erscheinungsbild parat hielt. Es war natürlich auch möglich, dass die Betroffenen allesamt verbotene Pilze genascht hatten.

Da man hierzulande gern von der wahrscheinlichsten Möglichkeit ausging und besagte Pilze wirklich absurd schwer aufzutreiben waren, entschloss man sich dazu, den vermeintlichen Überlebenden zu glauben. Anschließend setzte man sie auf einer einsamen Insel ohne nennenswerte Rohstoffe aus, um dem Tod die Vollendung seiner Mission ein wenig zu erleichtern. Denn wenn man etwas nicht wollte, dann war es, den Zorn des Todes heraufzubeschwören.

»Hier unten«, piepste es abermals.

Langsam öffnete Cole einen Spalt zwischen seinen Fingern und spähte hindurch. Er schnaufte erleichtert und lockerte seine Arme. In seinem Gesicht machte sich, neben den Druckstellen seiner Hände, nun doch ein angemessenes Maß an Begeisterung breit.

Die kristallbesetzte Decke war wirklich unglaublich schön. Manche Farben kannte er nicht einmal. Er dachte kurz daran, sich im Kreis zu drehen, um diesen Anblick angemessen zu würdigen. Es erschien ihm jedoch ein wenig zu albern. Oder doch nicht?

»Ach, was soll's.« Cole drehte sich im Kreis und kicherte ein wenig.

»Verzeihung, hier unten.« Etwas räusperte sich.

Cole stoppte. Dann drehte er sich ein kleines Stück weiter und senkte seinen Blick.

Vor ihm stand ein Neximal mit dem Körper eines Maulwurfes. Zumindest dachte Cole, dass es einen Maulwurf darstellen sollte. Das Erscheinungsbild des kleinen Kerls wich nämlich deutlich von jenem eines Durchschnitts-Maulwurf-Neximals ab. Die Haare waren zu einer geschwungenen Locke gekämmt. Hinter dicken bunten Brillengläsern versteckten sich zwei kaum geöffnete Augen. Ein kurzer Rüssel ragte aus einem wilden Geflecht hervor, das sich als umgehängter Vollbart entpuppte. Ein Vollbart, dessen Farbvielfalt mit der kristallbesetzten Decke konkurrierte.

»Was bist denn du für ein putziges Ding?« Cole sprach mit einer merkwürdig süßlichen Stimme und musste gegen die Versuchung ankämpfen, sich hinunterzubeugen, um das kleine Pelzvieh zu streicheln.

»Ich bin nicht putzig!«, schnaubte der Neximal. »Ich bin der PBPM.« Er verlieh seiner Stimme eine gewisse Dramatik.

»Der was?«, fragte Cole verwundert.

»Der PBPM – der Phantombartperückenmacher«, entgegnete der bunte Maulwurf, als wäre es die gewöhnlichste Sache überhaupt.

»Dann bist du …?«

»Ich bin der Experte, den du suchst«, beendete der PBPM händefuchtelnd Coles Satz.

Die folgenden Stunden verbrachte die neu gebildete Sonderermittlungseinheit mit dem Stricken zahlreicher Bärte. Die Arbeitsteilung erfolgte auf Basis der jeweiligen Qualifikation. Der PBPM strickte. Cole reichte ihm die Wollknäuel zu.

Nach dem fünften Bart war ein gewisses Nörgeln seitens Cole zu vernehmen. Er konnte einfach nicht nachvollziehen, wieso das alles derartig lange dauerte. Der Erklärungsversuch des PBPM wies auf die voluminösen Bärte der Zwerge hin. Natürlich gäbe es auch zweifingerbreite Bärte, mit solch einem Unfug wollte der PBPM jedoch nichts zu tun haben.

Bei der anschließenden Bartanprobe am jüngsten Mordopfer lag ein Hauch von Skurrilität in der Luft. Cole und sein Kollegium der Wache versuchten dabei, die Professionalität zu wahren. Es blieb bei dem Versuch. Während vorgehaltene Hände Gelächter verbargen, gab der angelegte Bart die Identität des Zwerges preis.

»Lex Obesus? Der Dreckskerl macht also nicht mal vor Lehrern halt.« Cole entfernte den albernen Bart vom Gesicht des Lehrers für *längst vergessene und ungeliebte Ecken des Alphabets.* Gareth hatte seine Zimmerkameraden einmal die ganze Nacht wachgehalten, weil er ihnen das taubstumme F aus Professor Obesus' Kurs näherbringen wollte.

In der Bibliothek herrschte große Aufregung, was wiederum zu einer gewissen Unruhe bei Gareth führte. Einer der positiven Aspekte, in einer Bibliothek zu arbeiten, bestand üblicherweise darin, dass allein das Wort »Bibliothek« eine Vielzahl von Leuten in die Flucht schlug. Deshalb schätzte Gareth seinen Arbeitsplatz auch dermaßen.

Er hasste beinahe jedes andere Lebewesen in seiner Umgebung, und beinahe alle anderen Lebewesen hassten Bibliotheken – eine beinahe perfekte Symbiose.

Es hätte ewig so weitergehen können, wenn da nicht diese äußerst lästigen Morde gewesen wären, die bei vielen plötzlich das Bedürfnis auslösten, Zeitungen zu lesen. Die besonders schlimmen Fälle griffen sogar zu hochwertiger Literatur, legten diese jedoch zumeist angewidert beiseite, sobald sie erkannten, dass sie nicht den neuesten Steph-Greyson-Roman in den Händen hielten.

»Wer wohl der Nächste sein wird?«, fragte ein Winzlingsmädchen ihre tuschelnden Freunde.

»Du, wenn du dir nicht angewöhnst, leiser zu sprechen«, meinte Gareth im Vorbeigehen. »Und das ist keine verfluchte Kneipe hier.« Er wies auf das Nexus-Ale in der Hand des Zwerges neben ihr.

»Geht es dir gut?«, erklang eine sanfte Stimme. Eine hübsche Elfe legte die Hand auf Gareths Schulter. »Was hast du da?«

»Diverse Biografien«, antwortete er knapp.

»Ja, bekanntermaßen schreibt nichts so viele Geschichten wie das Leben selbst«, erklärte sie zwinkernd.

»Bekanntermaßen schreibt nichts so viele Geschichten, wie Schriftsteller es tun«, klärte Gareth sie auf und ging weiter.

Grashalm-Theologen und andere Hexereien

Ein wohliger Hauch von Lavendel lag in der Luft. Die feine Duftnote offenbarte eine äußerst beruhigende Wirkung und ließ Agathyl beinahe das Gefühl des kratzenden Leinenstoffs im Gesicht vergessen. Irgendetwas stimmte hier nicht. Aga konzentrierte sich und kam zu dem Schluss, dass man ihm einen Sack über den Kopf gezogen hatte. Seine Beine waren schwer und bewegten sich nur widerwillig. Doch irgendjemand stieß ihm fortwährend in den Rücken und trieb ihn somit voran. Die Fesseln scheuerten an seinen Handgelenken. Viel schlimmer war jedoch, dass nun anscheinend auch der Erzähler Agathyls Spitznamen übernommen hatte.

Er versuchte zu schreien, doch seinen geknebelten Lippen entwich lediglich ein dumpfes »Mmmmm«.

»Schnauze halten!«, ertönte es hinter ihm.

»Mmmmm«, fluchte Agathyl.

»Mmmmmmmm«, schallte es aus verschiedenen Richtungen.

Der Boden war matschig, sodass Agathyls Schuhe bei jedem Schritt ein wenig einsanken. Er befand sich also entweder im Freien oder aber in einem Stockwerk des hohlen Berges, das vom Reinigungspersonal in absoluter Perfektion gemieden wurde.

Agathyl stockte der Atem: *Was, wenn mich dieser verrückte Mörder erwischt hat.*

Ein gezielter Schlag zwang Agathyl in die Knie. Er fiel, in der Erwartung, im Matsch zu landen, doch er hatte Glück und krachte gegen einen harten Felsen. Seine Fesseln wurden durchtrennt und der Sack mit einem Ruck von seinem Kopf gezogen.

Agathyls Nachthemd saugte die Nässe des Steins in sich auf. Ambria, Adam, Cole und Gareth kauerten ein Stück weit entfernt. Ihnen wurde jedoch nicht das Glück eines eigenen Felsens zuteil – sie landeten im feuchten Laub. Ihrer Kleidung nach zu urteilen, waren auch sie ihren Betten entrissen worden – Gareth bevorzugte es, nackt zu schlafen.

»Das ist ja widerlich!«, ertönte es von einem der Entführer.

»Ist das etwa Baumwolle?«, ergänzte eine seiner Mitverschwörerinnen.

Erst jetzt stellte Agathyl fest, dass sämtliche freiwillig anwesenden Personen gänzlich in Leder gehüllt waren. Ein Blick auf deren Schuhwerk lüftete schließlich das Geheimnis der nächtlichen Entführung.

»Grashalm-Theologen«, flüsterte er verärgert.

»Runter damit. Sofort!«, befahl die Anführerin der religiösen Fanatiker.

Ihre Schergen befreiten die vier noch bekleideten Gäste von ihren Nachthemden. Einige Augenpaare wanderten gänzlich unauffällig in Ambrias Richtung.

»Occulto Pixelcus«, murmelte die Anführerin.

Als Ambrias Haut und die neugierigen Blicke sich gerade miteinander anfreunden wollten, geschah etwas Seltsames. Kleine, verschwommene Quadrate bedeckten Ambrias Körper. Es wirkte beinahe so, als hätte man die stattliche Zwergendame in einen Umhang aus Milchglas gehüllt.

Es folgte eine Diskussion darüber, ob Agathyl auch einen solchen »Mantel der Zensur«, wie er ihn bezeichnete, erhalten könne.

Sein Ansuchen wurde abgelehnt.

Adam verbarg seinen nackten Körper inzwischen unter dem elektrisierend aufgestellten Fell.

»Novizen, ihr habt euch des Baumwollmordes schuldig gemacht. Dennoch ...« Umoreth, das Oberhaupt der Grashalm-Theologen, wurde unterbrochen.

»Baumwollmord? Mal abgesehen davon, dass ich die Existenz eines solchen Verbrechens wirklich äußerst stark bezweifle, lässt sich das wohl kaum mit der fragwürdigen Wahl unserer Kopfbedeckung vereinbaren.« Gareth deutete auf die Säcke am Boden und weihte die Entführer in den Herstellungsprozess von Leinenstoff ein.

Die Gesichter der Grashalm-Theologen reichten von verwundert über angewidert bis hin zu schmerzverzerrt.

»Aber ihr müsst doch …«

Der junge Bibliothekar brachte Umoreth abermals zum Schweigen. »Und die Seile – Hanf, wenn ich nicht irre.« Gareth schnalzte enttäuscht mit der Zunge.

»Aber versteht doch, wir mussten unser Geheimversteck schützen«, brachte die Anführerin endlich heraus.

Gareth blickte sich um und musterte die Bäume. »Wir sind auf einer winzigen Insel mit einem einzigen, kleinen Waldstück, das ich in etwa zwölf Minuten durchqueren kann. Für wie dumm haltet ihr uns eigentlich? Oder besser gesagt, für wie dumm haltet ihr mich eigentlich?« Gareth holte kurz Luft. »Womit wir schließlich bei euerm Kopfschmuck angelangt wären. Ein Kranz aus geflochtenen Blumen? Wirklich?« Er beendete endlich sein Plädoyer und verwies auf den verdorrten Blumenkranz auf Umoreths Haupt.

»Das sind die verbliebenen Hüllen des Ältesten-
rats!«, schnaubte ein Grashalm-Fanatiker, nachdem er
sich eben erst vom Schock der Leinenansprache erholt
hatte.

Es war in der Tat bereits seit Gründung der
Grashalm-Theologen Brauch, dass jene Blumen, die
am Ende eines Jahres auf natürliche Weise vertrockneten, das folgende Jahr den Kopf der Hohepriester
zierten. In den frühen Jahren entstanden so am
Jahresende prächtige, voluminöse Kränze mit teilweise
Hunderten Blüten, zuletzt wurden jedoch nur noch
wenige Blumen in den Stand eines Ältesten erhoben.
Dies lag vorwiegend am stetig wachsenden Wirkungs-
bereich des Schnittblumen-Kartells.

Immerhin waren die Grashalm-Theologen eine der
wenigen Organisationen, welche die Auflagen der
theologischen Konzession aus dem Jahre 32 im
Zeitalter der Gilden gänzlich erfüllten. Hierbei
wurden die damals über zweihundert Religionsgemeinschaften auf neunundzwanzig dezimiert. Kurz
darauf wurde einer weiteren Bewegung die Lizenz
entzogen, als sich herausstellte, dass ihr Programm
»Spiel und Spaß mit unseren jüngsten Gemeindemit-
gliedern« nicht ganz so kinderfreundlich war wie
ursprünglich angenommen.

Hinzu kam die gänzlich fehlinterpretierte Aussage eines betrunkenen Philosophen, jeder müsse an irgendetwas glauben, wodurch die Zugehörigkeit zu einer der theologischen Gilden als obligatorisch erachtet wurde. Die logische Konsequenz war ein Anstieg der plötzlich vollkommen überzeugten Anhänger der verbliebenen Religionsgemeinschaften.

Ein Schweigen setzte ein, bis nur noch der Gesang des Windes und das Rascheln der Blätter zu hören waren. Einen bösen Blick später versank auch die Natur in eine unendliche Stille. Diese endlose Stille endete schließlich, als Umoreth erneut das Wort ergriff.

»Ihr habt euer Sündengewand abgelegt, euch durch die Anprobe der pflanzenschonenden Raketenstiefel reingewaschen und euch damit eurer Aufnahme in den Kreis der Grashalm-Theologen als würdig erwiesen.«

Cole und Agathyl tauschten verwirrte Blicke aus. Gareth fasste sich ratlos an die Stirn. Adam grinste, warum auch immer. Ambria hatte sich in den halb durchsichtigen Umhang gekuschelt und schlief friedlich weiter.

Ein Akolyth tauchte seinen Zeigefinger in eine bronzene Schale. Sanft trug er ein pfirsichgelbes

Pulver auf die Stirn der Anwerber auf. »Ihr wurdet mit dem Blütenstaub der Ahnen gesalbt.«

Gareth nieste.

»Erhebt euch nun als Novizen der Grashalm-Theologen und verbreitet die Botschaft.« Mit hallender Stimme beendete Umoreth den Aufnahmeritus. »Ach, und hier sind eure Mitgliedsausweise«, fügte sie zwanglos, ohne spezielle Stimmeffekte hinzu.

»Agathyl Nabuse, Novize der Grashalm-Theologen, eingetragene Religionsges.m.b.H«, las das neueste Mitglied. »Das ist toll.« Agathyl klang nicht gänzlich überzeugt. »Nein, im Ernst«, ergänzte er hastig, als ihn misstrauische Blicke trafen. Nach einem kurzen Zögern fragte er: »Und wie genau sieht es mit unserer Kleidung aus?«

Die Leiden des jungen Erzählers

Böse Blicke durchbohrten Agathyls Lederkleidung an diesem Morgen.

»Konntest du nicht einfach deine Klappe halten?«, nahm Gareth wie gewohnt kein Blatt vor den Mund.

»Ich sehe aus, als würde ich eher zwielichtigen Geschäften nachgehen, wenn ihr versteht!«, kommentierte Ambria ihr neues Outfit.

Adam wurde das Gefühl nicht los, einen Artgenossen als Kleidung zu tragen.

Cole ließ den Moment schweigend vorüberziehen. Als er die Verzweiflung in Agathyls Augen erkannte, beschloss er jedoch, zu intervenieren. »Jetzt beruhigt euch mal alle!«, brüllte er und brachte somit die Gruppe zum Schweigen. »Agathyl wollte doch nur verhindern, dass wir alle nackt diese verdammten Stufen erklimmen müssen. Und wir sollten bei dieser Geschichte auch nicht vergessen, wer für unseren netten Aufnahmeritus gesorgt hat.«

Die bösen Blicke wanderten nun zu Gareth hinüber. Worte flogen durcheinander und zerschnitten die Luft wie Rasierklingen.

Das war selbst dem Erzähler zu viel, und er entschied sich dazu, unseren Helden eine kurze Auszeit zu geben. Er widmete sich gerade dem schäumenden Bier am Tresen der Erzähler-Bar, als plötzlich ein aus unerfindlichen Gründen viel erfolgreicherer Kollege den Pub betrat. Tom Black ließ sich auf dem Hocker neben dem Erzähler nieder und wartete nicht lange damit, mit den Verkaufszahlen seines neuesten Kriminalschinkens zu prahlen. Daraufhin leerte der Erzähler hurtig sein Bier und begriff, dass der Streit seiner Protagonisten doch das geringere Übel war.

Bei seiner Rückkehr war der Disput bereits recht fortgeschritten. Anstatt liebevoller Schuldzuweisungen wurden nun verbale Peitschenhiebe ausgeteilt. Obwohl sich Gareth gegenüber seinen Freunden normal verhielt und sich nichts anmerken ließ, fiel dem Erzähler auf, dass die zahlreichen Beschimpfungen durchaus zum jungen Bibliothekar durchdrangen. Cole schnappte zwischen seinen Wuttiraden immer wieder nach Luft und keuchte bei jedem Anlauf ein wenig mehr.

Was reingeht, muss auch wieder raus, meinte das Universum. Jemand musste mal für kleine Erzähler. Dieses Mal vernahm er bei seiner Rückkehr ein merkwürdiges, ja beinahe abstraktes Geräusch – Lachen. Seine Protagonisten lachten. Dies verwirrte den Erzähler in höchstem Maße. Er beschloss bei der Erzählergilde einen Antrag auf »Protagonisten-on-Demand« oder zur Not auch auf eine einfache Pause-Funktion einzureichen.

Wie bitte soll man ein anständiges Buch verfassen, wenn sich innerhalb einer Blasenentleerung alles veränderte? Wenn Streitigkeiten plötzlich endeten und wie durch Magie alle glücklich und Händchen haltend ums imaginäre Lagerfeuer tanzten?

Die Gruppe nutzte die vorübergehende Euphorie und machte sich getrennt auf den Weg zu ihren jeweiligen Arbeitsplätzen. Die Trennung sorgte beim Erzähler abermals für ein verächtliches Schnauben. *Mehrere Handlungsstränge,* dachte er sich, schüttelte den Kopf und beschloss, die Entscheidung dem Zufall zu überlassen.

Der Münzwurf entschied, und bevor Verwirrung aufkommt, ja, es handelte sich dabei um eine magische fünfseitige Münze.

»Hinterkopf«, murmelte der Erzähler und fügte sich.

Dies schien zu bedeuten, dass er den heutigen Tag mit Gareth verbringen sollte.

Vorsichtig schlich der Erzähler von einer Ecke zur nächsten, um bloß nicht entdeckt zu werden. Ein paranoider Protagonist war heute das Letzte, was er gebrauchen konnte. Drei Ecken und eine lange Gerade später hielt Gareth inne, presste sich seine Handflächen ins Gesicht und sank abrupt auf die Knie. Der Erzähler konnte nicht recht erkennen, was Gareth zu dieser Handlung bewog. Er näherte sich in mehreren kurzen Etappen. Möglicherweise hatte ihn nur eine überdimensionale Mücke gestochen, für deren Ableben eine Hand schlichtweg nicht gereicht hätte. Wäre es doch nur so einfach gewesen.

Gareth weinte. Eigentlich handelte es sich hierbei noch um eine Untertreibung, vielmehr quollen seine Augen über vor Tränen, und seine Nase rann derart heftig, dass sich Gareth wünschte, das Lederhemd hätte Ärmel, an denen er sich abwischen könnte.

Der Erzähler beschloss, etwas genauer hinzusehen, und kramte in seinen Hosentaschen nach dem Gedanken-Gefühl-Extraktor, den jeder Erzähler bei seinem Gildeneintritt erhielt. Sein Ellenbogen streifte eine Glasflasche, die auf einer Mülltonne in der engen Gasse bereits wackelig auf Erlösung wartete. Die Flasche stürzte hinab und zerbarst mit einem erfreuten Klirren auf dem Boden. Gareth schreckte auf.

»Na toll, ein weinender UND paranoider Protagonist«, stöhnte der Erzähler.

Die oberste Regel in der Erzählergilde lautete: »Misch dich niemals in die Geschehnisse deines Buches ein.«

Der Erzähler trat aus dem Schatten und marschierte schnurstracks auf den am Boden kauernden Gareth zu. Wie ein viertklassiger Magier zog er ein Taschentuch aus seiner linken Sakkotasche und reichte es der bedauernswerten Kreatur. Gareth stockte der Atem. Um diese Reaktion ordnungsgemäß zu verstehen, ist es notwendig, zu wissen, dass sämtliche Erzähler ein gesichtsloses Erscheinungsbild haben und dies verständlicherweise bei den meisten nicht ganz so gut ankommt.

Erst jetzt begriff der Erzähler, was er getan hatte. Schnell zog er seine Hand zurück, ließ das Taschentuch fallen, welches langsam zu Boden glitt, und verschwand hinter der nächsten Ecke. Ja, es gab recht viele Ecken.

»Ein weinender, paranoider UND den Verstand verlierender Protagonist!«, brüllte sich der Erzähler an und schlug sich selbst auf den Kopf.

Die Münze, die nun nur noch vier Seiten aufwies, drehte sich in Zeitlupe und offenbarte des Erzählers nächstes Opfer.

Es war ein großer Tag für Agathyl und den gesamten Bonsaiwald. Ein Tag, der bei einem kleinen Teil der Bevölkerung, mindestens jedoch über zwei Stockwerke des hohlen Berges, als der Tag der Stecklinge bekannt war. Der Erzähler versuchte, die richtigen Worte zu finden. Nun ja, probieren wir es einfach mal so: Wären die Bäume heilig, dann würde es sich beim Stecklingpflanzen um ein äußerst heiliges Ritual handeln.

Rhys begann gerade einen erneuten verzweifelten Versuch, Agathyl den genauen Ablauf des Rituals einzubläuen. Die beiden stellten sich an den Rand der Quelle, die unweit von Ynwas Wurzeln entsprang. Etwas beschämt schälte sich Agathyl aus der Lederkluft. Der Erzähler griff in Gedanken nach einem kleinen schwarzen Zensurbalken und bedeckte damit Agathyls Steckling.

Agathyls große Zehe durchstieß die Wasseroberfläche, krümmte sich ein und zog sich blitzschnell wieder ins Trockene zurück. »Kalt, kalt«, jammerte Agathyl und hüpfte auf seinem noch gänzlich trockenen Bein am Ufer auf und ab.

Rhys rollte mit den Augen und erbarmte sich schließlich. Seine Hand berührte ganz sanft Agathyls Schulter und verpasste dieser einen gut gemeinten

Stoß. Agathyl schwankte, wedelte mit den Armen und stürzte ins erfrischende Nass.

In Agathyls Lungen herrschte ein reger Austausch zwischen Luft und Wasser, dem durch wiederholtes Husten Einhalt geboten wurde. Sein Haar hing durchnässt in seinen Nacken hinab, als er erschöpft an Land kroch.

»Du bist nun rein.« Rhys verlieh seiner Stimme einen Klang epischen Ausmaßes. »Der erste Schritt des Rituals ist somit abgeschlossen.«

Dem Reinigen des Körpers folgte das Reinigen des Geistes. Dies geschah durch den Dank – den Dank an das Leben, den Dank an das Selbst und den Dank an Ynwa für das Geschenk des Lebens.

Agathyl kniete auf der wuchernden Schale, in deren Mitte die zwei mächtigen Stämme Ynwas emporragten. Seine Hände ruhten auf den Wurzeln, und er konnte die Kraft spüren, die sie erfüllten. Er verfiel in einen tranceartigen, ja meditativen Zustand.

Wenn der Erzähler eines gelernt hatte, dann, dass solche Meditationen einiges an Zeit beanspruchten.

»Haaransatz«, verkündete die nun dreiseitige Münze erquickt, nachdem er sie über seinen Daumen hatte gleiten lassen.

Adam hatte sich bereits an seine ledernen Shorts gewöhnt und störte sich von allen Protagonisten wohl am wenigsten an seiner neuen Kleidung. Merkwürdig, wenn man bedenkt, dass er womöglich die Haut eines weit entfernten Verwandten an den Beinen trug.

Ein großer kupferner Kessel nahm beinahe den gesamten Platz in Adams Küche ein. Auf einem verhältnismäßig kleinen Podest daneben thronten verschiedenste Zutaten: Hopfenblüten, ein paar Büschel Gerste und etwas Hefe in der Größe eines Butterstückes. Auf dem Boden stand eine überdimensionale Karaffe, gefüllt mit feinstem Quellwasser aus dem Bonsaiwald.

Der Erzähler wusste ganz genau, was es mit diesen Zutaten auf sich hatte und welch köstliches, gülden schäumendes Elixier ihn am Ende des Herstellungsprozesses erwarten würde. Jetzt hätte der Erzähler zu gern eine Schnellvorlauf-Funktion für dieses Szenario. Doch auch beim Bierbrauen handelte es sich um eine Kunst, die sich mitunter durch Geduld auszeichnete.

Lediglich zwei Münzseiten verblieben, wie unglaublich gewöhnlich. Die Münze offenbarte Cole als des Erzählers vorletztes Ziel.

Nachdem der junge Wachmann mehrere Stunden damit verbracht hatte, für Sir Pratter einen Bericht über den letzten Mordfall zu schreiben, saß er jetzt auf einem piksenden Haufen Heu im Stall der Wache. Neben ihm schritt Reuben nervös auf und ab.

»Pressen!«, brüllte Cole und merkte, wie sich der Schrei irgendwie verkehrt anfühlte. »Stoßen? Hämmern?«

Er starrte unentwegt auf die fünf Eier, die vor ihm in einer Grube miteinander kuschelten. Hin und wieder ruckelte eines der Eier und versetzte damit die anderen ins Schwingen. Der Heuhaufen erschien von Minute zu Minute bequemer zu werden. Coles Kopf rutschte immer wieder von seinen aufgestützten Armen, bis er schließlich seiner Intention nachgab und im Heu versank.

Eine alte Weisheit besagt: »Wenn du dir eine Pfeife ansteckst, dann kommt die Postkutsche.«

Kurz nachdem Cole ins Land der Träume entschwunden war, vernahm sein Unterbewusstsein ein verdächtiges Knacken.

»Da, schon wieder«, drängte sich das Unterbewusstsein langsam in den Vordergrund.

Dann noch ein hochfrequentes Fauchen, und Cole erwachte. Vor ihm krümmte sich ein schleimiges Geschöpf. Er blinzelte und sah, wie sich der erste Gecko langsam aus seiner Schale befreite.

Es war ein Moment der Freude. Selbst der Erzähler konnte nicht anders und wischte sich vereinzelte Freudentränen aus dem augenlosen Gesicht.

Das zweite Ei wackelte und fiel zur Seite. Cole erkannte feine Risse in der Schale, und schwups, schon ragte ein kleiner, dreieckiger Kopf heraus.

»Sie schlüpfen!« Cole sprang auf und verkündete die Botschaft überall auf seinem Weg zur angrenzenden Wachstube.

Die Münze glich nun einem Blatt Papier und war für kurze Zeit wieder außergewöhnlich, bevor sie sich schließlich mit einem staubigen *Puff* auflöste.

Ambria war merkbar nervös. Dies leitete der Erzähler vorwiegend aus zwei Tatsachen ab. Zum einen marschierte Ambria unentwegt durch die Halle der anerkannten Hochwissenschaften, zum anderen glichen ihre Fingerkuppen dem Kauknochen eines verspielten Hundewelpen.

In wenigen Minuten würde sie ihre erste eigenständige wissenschaftliche Arbeit präsentieren. Das Thema war bis heute ein wohlgehütetes Geheimnis. Ein Geheimnis, das sogar vor den verstohlenen Blicken des Erzählers verborgen geblieben war. Und obwohl es sich bei den ersten wissenschaftlichen Arbeiten selten um lesbares Material handelte, stellte dies doch einen ganz besonderen Moment in Ambrias Leben dar.

Die anfangs leere Halle füllte sich langsam. Ambria hatte angenommen, dass die Massen sie nur noch mehr beunruhigen würden. Doch ganz im Gegenteil, es schien fast so, als würde sie mit jedem Kopf mehr im Saal ein wenig entspannter werden. Ambria fixierte die große Uhr über dem Torbogen, deren Minutenzeiger alle sechzig Sekunden bedrohlich knackte.

Noch fünfzehn Minuten. Die ersten beiden Mitglieder der Kommission trafen ein und unterhielten sich kichernd, als wäre es ein Tag wie jeder andere. Ambria kritzelte hurtig einige Stichpunkte auf die vom Publikum abgewandte Tafel.

Noch drei Minuten. Nun gesellte sich auch der Primus zu seinen Kollegen und ließ sich gelangweilt auf den für ihn reservierten Platz nieder.

Ambria war bereit und wartete auf ihr Stichwort. Jetzt lag es am Primus, die Uhr zu beobachten. Der Zeiger setzte sich in Bewegung und …

»Punkt zehn Uhr. Sollen wir dann anfangen?«, verkündete der Primus mithilfe einer offensichtlich rhetorischen Frage.

Ein übertriebenes Nicken, gefolgt von einem tiefen Atemzug, führte zu einer vorübergehenden Steigerung von Ambrias Selbstbewusstsein. Sie drehte die Tafel um.

Ein Ausdruck des Schreckens überzog die Gesichter der älteren Gildenmitglieder, während die jüngeren amüsiert miteinander tuschelten.

›*Vom Samen bis zur Frucht. Eine Analogie von Obstbäumen und humanoiden Lebensformen.*‹

Der Erzähler konnte durchaus einen Sinn hinter diesem Titel erkennen, weshalb er ihn weder als amüsant noch als abschreckend empfand.

Ambria erging es ähnlich, und sie konnte daher die Reaktion des Publikums nicht ganz nachvollziehen. Schulterzuckend ließ sie den Moment verstreichen und eröffnete ihren Vortrag. Sie holte an gewissen Stellen weit aus und konnte sich auch einen kleinen Verweis auf ihre Abhandlung über den Apfel, die schon einige Tage zurücklag, nicht verkneifen. Trotzdem achtete sie penibel auf die Zeitvorgabe, die sie jedoch als etwas sinnfrei erachtete. Immerhin vermittelte sie Wissen, und es erschien fast so, als würden die Kommissionsmitglieder lauthals schreien: »Ja, bitte vermittle uns Wissen, aber bloß nicht zu viel davon.« Irgendwie musste man den Fortschritt schließlich bremsen.

Sie schloss ihre Rede mit einer demütigen Verbeugung, und die Kommission zog sich zur Beratung zurück. Ambria zweifelte nicht am glimpflichen Ausgang ihrer Prüfung. Etwas, was sie den drei Kommissionsmitgliedern voraushatte.

»Bestanden ...«, eröffnete der Primus sein Bewertungsplädoyer. Den Rest davon blendete Ambria geschickt aus.

»Es war jedoch recht knapp«, steuerte die zierliche Professorin Redoli bei. »Ich habe das Gefühl, dass Sie eine wundervolle Arbeit geschrieben haben, die Sie jedoch nicht verständlich genug transportieren konnten.«

Ambria war sich nicht sicher, ob dies gegen ihre Präsentiertechnik oder gegen die Qualität der Prüfungskommission sprach. Die Tatsache, dass sie etwas verfasst hatte, das selbst für die angeblich klügsten Köpfe der ganzen Insel zu hoch war, hüllte sie in ein Meer der Genugtuung. Erhobenen Hauptes packte sie ihre Unterlagen zusammen und verließ – wie am Steuer eines Streitwagens – triumphierend das Schlachtfeld.

Ynwas Auserwählter

Die Blätter Ynwas raschelten im Wind, der über die abgebrochene Spitze des hohlen Berges fauchte. Agathyls Schnarchen übernahm in diesem Lied den Part des Gesangs. Als der raue Gesang unangenehme Ausmaße annahm, beschloss Ynwa, selbst zur Tat zu schreiten und sich dieser Qual zu entledigen, indem sie einen ihrer Äste entlastete und eine orange-blaue Frucht auf Agathyls Kopf plumpsen ließ.

Der schlafende Junge schreckte auf und bewaffnete sich unbewusst mit einem Handrechen. Er konnte niemanden erkennen, selbst Rhys war verschwunden. Neben ihm lag eine gespaltene Frucht, die sehr an jene erinnerte, die Agathyl nach seiner Ankunft im güldenen Dorf erhalten hatte. Er nahm einen Bissen. Nachdem er sich vergewissert hatte, dass keine unmittelbaren Bedrohungen von der Frucht ausgingen, und bei der Gelegenheit auch gleich ein paar kleine Laubhäufchen zu einem Kopfkissen zusammengeschoben hatte, schmiegte er sich wieder an Ynwas Wurzeln.

Die Erde bebte, als Agathyl kurz darauf ein tiefes Räuspern vernahm. Er öffnete erst ein Auge, dann sein zweites, für das dritte hätte er wohl noch länger meditieren müssen. Er konnte keine Veränderung feststellen und schloss die Augen erneut. Ein weiteres, weitaus höheres Räuspern. Dieses Mal konnte Agathyl nicht anders. Er setzte sich auf, suchte die nähere Umgebung nach etwaigen Unruhestiftern ab und erhob sich schließlich murrend.

»Na endlich«, murmelte eine überirdisch tiefe Stimme.

Der junge Gärtner drehte sich im Kreis, konnte jedoch nach wie vor niemanden erkennen.

»Nicht, dass ich es nicht genossen hätte, das große Löffelchen zu sein«, fuhr die mächtige Stimme fort.

»Du warst nur das große Löffelchen, weil deine Wurzeln viel fetter sind«, lästerte die zweite, höhere Stimme.

»Nimm das zurück«, schnaubte die erste Stimme.

Für Agathyl war die Sache klar – er verlor offensichtlich den Verstand.

»Keine Sorge, mit deinem Verstand ist alles in Ordnung«, erwiderte die erste Stimme. Dann fügte sie hinzu: »Hier oben.«

»Ja, jetzt hat er's raus«, kommentierte die zweite Stimme.

Agathyl traute seiner Wahrnehmung nun noch weniger. Auf jedem der beiden Stämme Ynwas hatte sich aus Borken, Narben und Rindenverfärbungen ein Gesicht gebildet.

»Ich … ich … spreche … mit … einem … Baum.« Agathyl benötigte mehrere Minuten für das Vollenden dieses Satzes.

»Baum! Ha!«, schrien die beiden Stämme lachend. »Wir sind Ynwa.«

Die zweistimmige Ansprache erinnerte Agathyl an eine schlecht geplante Exorzismus-Szene im Theater. Es hätte nur noch ein wenig Nebel gefehlt, um dem Ganzen mehr Dramatik zu verleihen.

Das Universum beschloss mitzuspielen und platzierte geschickt ein paar Regenwolken über dem hohlen Berg. Der Regen tropfte auf den warmen Herbstboden und hüllte diesen in einen unheimlichen Schleier.

Das ganze Szenario hatte durchaus etwas Epochales, aber dennoch, Agathyl hätte sich eine Unterhaltung mit dem ersten Lebewesen der Nexusinseln irgendwie anders vorgestellt.

»Erstes Lebewesen der Nexusinseln«, kicherte der hölzerne Chor.

»Er denkt, wir wären das erste Lebewesen der Nexusinseln.«

»Nein, das war der gute Mike.«

»Mike, wie ich ihn vermisse. Ich habe nie eine strammere Eiche gesehen.«

»Ich möchte ja euren Dialog, äh, Monolog – ach, was auch immer – ja echt nicht unterbrechen«, funkte Agathyl schließlich dazwischen.

»Dann mach es nicht!«, fauchte Ynwa.

»Äh, Verzeihung, ist eine Weile her, dass wir uns mit jemandem unterhalten haben. Ich glaube, es war Terry. Weißt du noch – Terry?«

»Natürlich, Terry. Muss jetzt an die hundertfünfzig Jahre her sein.«

»Was er wohl so treibt?«

Ein kurzes Schweigen trat ein und wurde von Agathyl schnell wieder hinausgeworfen. »Hey, ihr da. Jetzt hört mir endlich mal zu. Und erklärt mir mal bitte EINER von euch, wer dieser Mike und wer verdammt noch mal dieser Terry sein soll?«

»Äh, nun ja, Verzeihung«, entgegnete der tiefer klingende Stamm.

»Mike war der erste Baum der Nexusinseln und damit wohl das älteste Lebewesen, zumindest soweit wir wissen«, erklärte der andere Stamm.

»Und wo steht dieser angeblich älteste Baum?«, hakte Agathyl nach.

»Zuletzt stand er im Speisesaal des kaiserlichen Palasts.«

»Ja, haben den Ärmsten zu einem Tisch und einem halben Dutzend Stühle verarbeitet«, klärte Ynwa ihn weiter auf.

»Sehr witzig. Und Terry?«, erwiderte Agathyl, der sich ein wenig geneckt vorkam.

»Terry? Das ist einfach, Terry war der Junge vor dir«, merkte Ynwa beiläufig an.

»Der Junge vor mir? Was soll das nun wieder heißen?« Agathyl hatte genug von diesem ermüdenden Ratespiel.

»Na ja, eben der Junge vor dir. Der Pfleger, Gärtner, Magier, Übersetzer, der Auserwählte. Wie auch immer man euch heutzutage nennt.«

Diese Erklärung vermochte es nun endlich, Ynwas Ziel, nämlich Agathyl zum Schweigen zu bringen, erfolgreich umzusetzen. Der Mund des Gärtners, Auserwählten oder was auch immer stand nun derart weit offen, dass ohne Weiteres drei von Ynwas Früchten darin Platz gefunden hätten – und diese waren von durchaus stattlicher Größe. Agathyls Kiefer schmerzten und beschlossen daher, dass sie nicht noch länger getrennt voneinander leben konnten. Sein Mund schloss sich.

»Auserwählter?«, stammelte Agathyl mit zusammengebissenen Zähnen.

Ynwa erkannte, dass es sich hierbei um ein schwieriges Unterfangen handelte. Die Stämme erklärten ihm jede Einzelheit. Sie erzählten vom Beginn der Zusammenarbeit mit den Bewohnern der Nexusinseln, vom ersten Auserwählten, der zwischen Ynwa und dem Volk vermitteln sollte, und von all seinen Nachfolgern. Wie sie ihre Weisheit mit den Auserwählten teilten und diese ihnen dafür die Eigenheiten ihrer Spezies näherbrachten. Sie erzählten ihm von einer generationenübergreifenden Freundschaft. Agathyl war auf eine für ihn unverständliche Weise gerührt. Weshalb er es umso mehr bereute, dieses Gefühl nicht in Worte fassen zu können.

Vielmehr sagte er: »Äh, ja, bekomm ich jetzt den Steckling von euch?«

»Nicht so schnell, mein Freund.«

Ynwa wechselte nun wieder zur erhabenen Zweistimmigkeit.

»Du musst noch eine letzte Prüfung bestehen«, raschelte es zwischen den Ästen hervor.

»Und zwar?« Agathyl wollte nicht ungeduldig wirken, seine Tonlage vermittelte aber durchaus eine gewisse Eile.

»Du musst so ein Haus bauen.« Ein frisch gesprosssener Ast zeigte auf die halb verfallenen Steinhäuser unweit der Quelle.

Agathyl empfand die Aufgabe als nicht sonderlich anspruchsvoll. Die Häuser vermittelten größtenteils den Eindruck, als wäre eine Gruppe Neugeborener am Werk gewesen.

»Mit dem Setzen des ersten Steins verbleiben zwei Stunden, um dein Werk fertigzustellen«, ergänzte Ynwa. »Es ist daher unabdingbar, über die dir bekannten Dimensionen hinauszudenken.«

»Wer schon einmal ein Haus baute, setze den ersten Stein«, flüsterte Agathyl. Nachdenklich schlich er um den Steinhaufen herum, musterte die anderen Häuser und kritzelte unleserliche Notizen auf eine Steinplatte. Ursprünglich hatte er sein in Eichhörnchenleder gebundenes Notizbuch gezückt, harsche Blicke seitens Ynwa und der Eichhörnchenfamilie in der Baumkrone hatten ihn jedoch eines Besseren belehrt.

Die meisten der bereits errichteten Häuser würden wohl nicht einmal Schutz vor einem frühherbstlichen Regenschauer bieten, die qualitativen Anforderungen schienen also nicht besonders hoch zu sein. Was sie jedoch alle gemeinsam hatten: Sie sahen zumindest im Entferntesten nach Gebäuden aus. Agathyl zog weiter seine Runden, kletterte auf Bäume und probierte daraus resultierende neue Blickwinkel. Nichts davon schien sein Vorhaben auch nur ein Stückchen voranzutreiben.

Die Eichhörnchen nutzten indessen verschiedene Beeren und Nüsse, um eine Partie Bowls zu bestreiten. Dabei kam ein etwas improvisiertes Regelwerk zur Geltung. So war es anscheinend legitim, den gegnerischen Spielzug durch das Aufessen seiner Beere zu sabotieren, solange einen der Gegenspieler nicht davon abhalten konnte.

Agathyls knurrender Magen und der darauffolgende Griff zum Beerenvorrat der Eichhörnchen beendete dieses Sportspektakel schließlich.

Das Grölen des Hungers hallte scheinbar durch den gesamten Wald, denn kurz darauf stand Rhys mit einem Rationsbeutel voller Essen hinter Agathyl.

Während sich der hungrige Auserwählte gierig die Kaninchenpastete in den Rachen schob, erzählte er Rhys von seinen jüngsten Erlebnissen. Rhys wäre es lieber gewesen, wenn Agathyl mit den Erzählungen bis nach dem Essen gewartet hätte, denn nun war er damit beschäftigt, sich die Pastetenstücke aus dem Gesicht zu wischen, die ihn zusammen mit Agathyls Geschichte bombardiert hatten.

»Ynwa hat also zu dir gesprochen«, murmelte Rhys nachdenklich. »So etwas habe ich bereits erwartet.«

Agathyl war überrascht über die wenig überraschte Reaktion. Eigentlich hätte er mit einem längeren Aufenthalt im Wartezimmer eines Arztes und drei

Wochen Urlaub gerechnet. Immerhin hatte er gerade zugegeben, sich mit einem Baum unterhalten zu haben.

Agathyls Verwirrung sollte sich bald in Verständnis wandeln. Rhys erzählte ihm alles über die Legende von Ynwas Auserwählten. Diese besagt, dass sich Ynwa in Zeiten schwerster Not immer jemandem offenbart, um Weisheiten zu teilen und den Bewohnern der Nexusinseln ein wenig unter die Äste – äh, Arme zu greifen.

Seitdem Ynwa das Zentrum des Bonsaiwaldes schmückte, hatte es fünf Auserwählte gegeben, jeder von ihnen war ein Bonsaigärtner und zugleich waren alle Bonsaigärtner auch Auserwählte gewesen. Deshalb war es für Rhys auch nicht sonderlich überraschend, dass der erste Bonsaigärtnerlehrling unter seiner Gartenregentschaft ein Auserwählter sein sollte. Vielmehr hätte es ihn überrascht, wenn Agathyl nicht auserwählt worden wäre.

Der jüngst Auserwählte lauschte den Schilderungen aufmerksam, vermisste darin jedoch die Bauanleitung für das Auserwählten-Steinhäuschen-was-auch-immer. Als der Geschichtsunterricht nach länger anhaltender Geduld noch immer keinen Hinweis auf die Lösung des Problems versprach, meldete sich Agathyl abermals zu Wort.

»Also, Rhys, so von Bonsaigärtner zu Oberförster …« Agathyl sprach auf eine seltsam vertraute Weise und stieß Rhys kollegial mit dem Ellbogen in die Rippen. »Wie genau baut man dieses Haus, hmmm?«

Agathyls Versuch, sein Schummeln beim Lösen des Rätsels mithilfe von merkwürdigen Zuckungen der Augenbrauen und -lider zu verschleiern, wirkte einfach nur lächerlich.

»Keine Ahnung«, sagte Rhys teilnahmslos. »Der letzte Auserwählte lebte vor meiner Zeit. Aber keine Sorge, den Überlieferungen zufolge hat es bisher jeder in maximal fünf Jahren geschafft, das Rätsel zu lösen.«

Agathyl nahm einen Schluck aus dem Trink-schlauch, nur um diesen sogleich wieder auszuspu-cken. »Fünf Jahre?«, brüllte er.

»Tja, dann lass ich dich jetzt wohl lieber nachdenken.« Rhys erhob sich grinsend.

Agathyl war nicht zum Lachen zumute. Resigniert lehnte er sich gegen seinen neu gewonnenen Freund Ynwa. Dabei merkte er nichts von dem diabolischen Racheplan, der direkt über ihm entstand.

Während Agathyl sich bereits anderen Dingen widmete, hatten die Eichhörnchen nicht vergessen, wer für das Scheitern ihres Spiels verantwortlich gewesen war. Gemeinsam schoben die Nager die drei größten Früchte, die sie finden konnten, über einen Ast und platzierten sich genau über Agathyls Kopf. Dann ließen sie die fruchtigen Geschosse gleichzeitig hinabfallen.

Der in Gedanken versunkene Junge verspürte einen kurzen Schmerz und sank zu Boden.

Der Pfad des Auserwählten

Agathyl hatte bisher keine allzu großen Gedanken daran verschwendet, langsam stellte er sich allerdings die Frage, warum ihm andauernd etwas auf den Kopf fallen musste.

»Nanu, wie bin ich denn hier nach draußen gekommen?«, war die Frage, die sein Gehirn als Nächstes formte.

Er befand sich am Fuß des hohlen Berges, kniend und den schmerzenden Kopf reibend. Agathyl richtete sich auf und versuchte, das Schwindelgefühl mit seinen Armen auszugleichen. Verwirrt sah er sich um, wich schließlich erschrocken zurück und konnte seinen Sturz gerade noch mit den Handballen abfedern.

Vor ihm stand ein Geist.

Er wusste genau, wie absurd sich das anhören musste, aber es war ohne jeden Zweifel ein Geist. Die Umrisse glichen einer menschlichen Gestalt, schimmerten in einem durchsichtigen, giftigen Grün.

»Grüße, Wanderer«, sprach die Gestalt mit erhobenem Arm.

Ein wenig eingeschüchtert tat es Agathyl der geisterhaften Erscheinung schließlich gleich und erhob den Arm zum Gruß. Der Geistermann winkte Agathyl zu sich und verwies schließlich wortlos auf einen Trampelpfad, der den hohlen Berg hinaufführte.

»Ich soll dem Weg folgen?«, fragte Agathyl die grüne Gestalt unsicher.

Diese nickte, und der auserwählte Wanderer folgte der Anweisung. Es war jetzt nicht so, als hätte Aga großartig Lust auf diese Strapazen, aber wenn er eines aus den alten Überlieferungen gelernt hatte, dann das: Wenn ein Geist von dir verlangt, einen Berg zu besteigen, dann besteigst du den verdammten Berg.

Der Erzähler verbrachte eine halbe Ewigkeit damit, sich zu überlegen, wie er diesen Aufstieg dramaturgisch ausschmücken könnte. Nach drei Tagen gab er schließlich auf. Der Berg hatte einen Fuß, der Berg hatte einen nicht ganz so spitzen Gipfel. Agathyl war zuerst unten, dann war er oben. Dazwischen gab es haufenweise Gräser, Steine und klare Bächlein. Kein dramatischer Sturz oder weitere unverhoffte Begegnungen mit Geistern. Einfach das Setzen eines Fußes vor den anderen. Das war's.

Also noch mal für die Unaufmerksamen: Agathyl kam unbeschadet auf dem Gipfel an. Die Vielfalt überwältigte den Bergbezwinger, als sein Blick über die Weiten Destinyas streifte, und er verlor kurzzeitig sein eigentliches Ziel aus den Augen. Ein Ziel, das sich in Form eines gigantischen Abgrundes direkt hinter ihm auftat. Der Bonsaiwald glich einer Miniaturwelt, in deren Zentrum Ynwa inmitten der Quelle des Ursprungs aufragte.

Der Verstand vermittelt uns in den meisten Fällen einen Impuls, der dir sagt: »Lehn dich bloß nicht über den Abgrund, das ist gefährlich.« Dies wird auch liebevoll als Schutzmechanismus oder schlichtweg als Angst bezeichnet.

In weitaus selteneren Fällen gibt es jedoch auch das Gefühl der Neugier. Dieses schreit gern lauthals aus uns heraus, versucht, jegliche Furcht zu übertönen, und beschränkt sich dabei doch auf so simple Worte wie »Ach, pfeif drauf. Was soll schon großartig passieren?«.

Ebendieses Schauspiel der Gefühle spielte sich nun in Agathyls Geiste ab. Daraus resultierte – wenig überraschend – eine gebückte Gestalt, die sich über einen Abgrund lehnte.

In solchen Momenten zündet die Angst für gewöhnlich sämtliche Adrenalin-Turbo-Düsen und übertönt mit voller Lautstärke unsere geliebte Neugierde. So wäre es wohl auch Agathyl ergangen, hätte sich nicht noch eine wahre Rarität des menschlichen Verstandes eingeschaltet – der Wahnsinn.

Ebendieser Wahnsinn war es, der Agathyl nun vertraut ins Ohr flüsterte und ihm sagte: »Beug dich doch noch ein kleines Stückchen nach vorn.«

Als Agathyl gierig die Hand in den Abgrund streckte, passierte etwas Merkwürdiges. Normalerweise hätte sein Arm nur wenige Zentimeter hinabreichen dürfen, dem war jedoch nicht so. Vielmehr wurde sein Arm fortwährend länger. Es war verrückt. Noch ein wenig mehr und er könnte den Boden berühren.

Apropos Boden, jener unter seinen Knien hatte wohl eigene Pläne. Erst lösten sich kleine Staubkörner, dann brachen plötzlich faustgroße Brocken vom Rand des Abgrundes ab. Agathyl zog hurtig den Arm zurück, bohrte seine Finger tief in die Erde und versuchte krampfhaft, Halt zu finden. Doch es war zu spät. Er kippte kopfüber in die Tiefe. Seine Schreie hallten gellend durch den Wald, als er den Boden rasend schnell auf sich zukommen sah.

Agathyls Augen öffneten sich widerwillig. Instinktiv tastete er seinen Körper ab, so als wolle er überprüfen, ob sich noch alles am richtigen Platz befand. Er war am Leben. Er war pitschnass, aber am Leben. War er etwa in die Quelle des Ursprungs gefallen? Hätte ihn der Aufprall nicht töten müssen? Nach Atem ringend lehnte er an Ynwas Stamm. Erst jetzt bemerkte er Rhys, der ein paar Meter von ihm entfernt stand. In seiner Hand ein tropfender Eimer.

»Hörte sich an, als hättest du einen Albtraum«, meinte Rhys mit mitleidiger Miene.

Etwas in seinem Tonfall verriet Agathyl, dass es ihm ganz und gar nicht leidtat. Nein, vielmehr schien es ihn zu erheitern.

»Es war nur … ein Traum?«, begriff Agathyl. »Ich muss los.« Er war bereits auf halbem Weg zur Tür hinaus.

Der Feind im Nebenbett

Vorsichtig kroch Cole auf allen vieren durch den Sand. Es erweckte beinahe den Eindruck, als würde er sich in Zeitlupe bewegen, nur langsamer. Noch ein kleines Stück. Gleich wäre er nahe genug. Ein Schritt noch – Cole sprang auf und warf sich auf die überdimensionale Heuschrecke. Seine Armlänge reichte gerade so aus, um das Vieh zu packen. Widerwillig kratzte die Heuschrecke mit ihren dünnen Beinchen nach Cole. Die Reitgeckos genossen diese Neuinterpretation eines Gladiatorenwettstreits. Ihre sabbernden Mäuler verfolgten jede einzelne Bewegung des köstlichen Insekts.

Die Tür zum Stall öffnete sich mit einem lauten Knall und erweckte schlagartig die Aufmerksamkeit aller Anwesenden. Sir Pratter trat ins schummrige Scheunenlicht und beäugte Coles Treiben ein wenig ungläubig.

»Komm mal kurz mit«, hickste der Anführer der Wachen.

»Bin sofort da, Sir«, keuchte Cole. Er packte die Heuschrecke an einem ihrer Beine und schleuderte sie in Richtung der hungrigen Geckojungtiere, die sich sofort gierig zu Tisch begaben.

Cole wischte sich den Sand von seinen Hosenbeinen und schloss die Stalltür hinter sich.

Zu seiner großen Überraschung wartete draußen nicht nur Sir Pratter auf ihn, es schien so, als hätten sich alle Mitglieder der Wache vor dem Stall versammelt.

»Hat etwa schon wieder einer von euch Geburtstag?«, versuchte Cole, die Stimmung etwas aufzulockern.

Üblicherweise hätte er diesem Haufen von Taugenichtsen und Trinkern mit solch einem Scherz reges Gelächter entlockt, doch dieses Mal konnte er in der Menge kein einziges lächelndes Gesicht erkennen.

Sir Pratter zog ihn zur Seite. »Es gab noch einen«, murmelte er in seinen biergetränkten Bart.

»Noch einen?«, fragte Cole ein wenig schwerfällig.

»Noch einen Mord.«

»Was? Wer? Sagen Sie es mir, bitte«, stammelte Cole.

»Immer mit der Ruhe, Junge. Ich werde dich ausgiebig unterrichten. Genauer gesagt habe ich vor, dich mit diesem Fall zu betrauen.«

»Sie meinen?«

»Ja, genau, du wirst die Ermittlungen leiten.« Sir Pratter deutete auf das Kollegium der Wachen. »Die

Wahrheit ist … ich meine … sieh dir die anderen doch mal an.«

Cole verstand ganz genau, was Sir Pratter meinte. Die meisten Wachmänner waren gut genug, um eine Schlägerei in der Kneipe nebenan zu unterbinden. Aber ein Mordfall? Das überstieg ihre Fähigkeiten bei Weitem.

»Aber was ist mit den Geckos?«, dachte Cole laut.

»Ach, wir beauftragen einfach Pete da drüben mit der Pflege«, sagte Sir Pratter beiläufig.

»Pete?«

Nein, das konnte Cole auf keinen Fall zulassen. Die Beziehung zu seinen Schützlingen hatte eine Ebene erreicht, auf der es schlichtweg unmöglich war, deren Betreuung an einen dieser Trunkenbolde zu übertragen. Aber Cole hatte bereits eine Idee.

»Ich soll was?« Ambria traute ihren Ohren nicht. »Als ob es nicht reichen würde, dass ich, neben meiner wissenschaftlichen Karriere, hier den halben Tag hinter der Theke stehen muss. Jetzt soll ich mich auch noch in einem Stall rumtreiben?«

»Also für dein Thekenproblem hätte ich eine Lösung. Tim hockt sowieso den ganzen Tag hier herum.« Cole zeigte auf einen Wachmann, der seinen Becher in eine innige Umarmung bettete. »Er hat bereits zugestimmt. Zumindest glaube ich, dass es das war, was er gesagt hat.«

Anschließend brachte Cole noch weitere Argumente vor, die Tim auszeichneten, wie die tadellosen Kenntnisse der Getränkekarte und den freundschaftlichen Umgang mit den Stammkunden. Ambria war weit davon entfernt, die Idee für angebracht zu halten, lenkte aber schließlich doch ein. Vermutlich erschien ihr die Pflege von ein paar Geckobabys doch nicht mehr ganz so schlimm.

Der sonst so rege besuchte Marktplatz im neunten Stockwerk des hohlen Berges wurde heute weitläufig abgesperrt. Hierfür bedienten sich die Beamten vor Ort fremder Hilfe. Die Magiergilde errichtete einen Bannkreis, der lediglich Berechtigte passieren ließ.

Für Cole, in seiner vollen Wachmontur, war es daher ein Leichtes, diese Absperrung zu durchschreiten. Am Tatort warteten bereits zwei Mitglieder der Wache auf ihn. Sie versuchten gerade, einen Neximal im Zaum zu halten, der wild mit seinem Rüssel gestikulierte. Mister Singh war der Besitzer des Gewürzstandes, auf dessen Verkaufsfläche die Leiche eines Winzlings zur Schau gestellt war.

Die beiden Wachen schienen äußerst erleichtert zu sein, als Cole die Befragung von Mister Singh weiterführte. Der aufgeregte Standbesitzer erklärte Cole jede Einzelheit und richtete sich währenddessen immer wieder den rutschenden Turban. Er erzählte Cole, dass es sich bei dem Opfer um seinen Lehrling handelte. Dieser sollte am Vorabend den Stand abbauen. Als Mister Singh an diesem Morgen mit frischen Waren angekommen war und das Tuch von der Verkaufstheke entfernt hatte, hatte er seinen Schützling so vorgefunden.

»Das Tuch lag also über der Leiche?«, hakte Cole nach.

Mister Singh nickte. »Ich weiß es ganz genau. Immerhin habe ich mich heute Morgen darüber geärgert, dass der Junge nicht ordentlich aufgeräumt hat. Und dann das.« Mister Singh schnäuzte seinen Rüssel in ein buntes Taschentuch.

Cole musterte die Leiche. »Spuren einer Strangulation am Hals, Symbol des Kreises der ewigen Treue in die Stirn geritzt, weit aufgerissene Augen«, murmelte er analysierend.

Unerklärlicherweise sehnte sich der junge Wachmann nach einer Pfeife und hatte das Bedürfnis, seinen rostigen Helm gegen eine Detektivmütze auszutauschen.

Er schüttelte den Kopf und untersuchte die Leiche nach etwaigen Anzeichen für einen Kampf. Als er sich den Fingernägeln des Opfers widmen wollte, entdeckte er etwas Merkwürdiges. Aus der geballten Faust des Winzlings ragte ein Stück Papier hervor. Vorsichtig bog er die steifen Finger auseinander und zog den Zettel heraus.

Cole wusste nicht genau, was er sich von dem Zettel erwartet hatte – möglicherweise Name, Geburtsdatum und Zimmernummer des Täters. So einfach schien es allerdings nicht einmal in der magischen Welt der Nexusinseln zu sein. Ganz nutzlos war das fast leere Stück Papier jedoch nicht, denn in einer Ecke erkannte Cole ein Zeichen. Es war der Bibliotheksstempel, der auch in zahlreichen Büchern in seinem Zimmer zu finden war. Gareth arbeitete sozusagen an der Quelle und brachte jeden Tag neues Lesematerial mit. Letztens hatten die Jungs sogar gescherzt, dass Gareth wohl bald sein Bett opfern müsse, um Platz für all die Bücher zu schaffen.

Cole machte sich auf zur Bibliothek. Möglicherweise würde ihn Gareth ja bei den Ermittlungen unterstützen. Dort angelangt konnte er seinen büchervernarrten Zimmerkumpan jedoch nirgends finden. Dafür saß Agathyl an einem der Tische und brütete über alten Karten des hohlen Berges. Als ihn Cole um Hilfe bat, lehnte er hastig ab, rollte die

Karten übereilt zusammen und faselte irgendetwas von einer Geisterprüfung daher.

Ein unter den Wachleuten wohlbekannter Spruch lautete: »Man muss mit den Ressourcen arbeiten, die einem zur Verfügung stehen.«

An diesen Spruch musste sich nun auch Cole halten, und so wandte er sich an die anwesenden Bibliotheksmitarbeiter. Ein freundlicher Neximal mit dem Aussehen einer weißen Ratte willigte ein, Cole bei seinem Anliegen zu unterstützen. Auf dem weinroten Hemd des Neximals glitzerte ein goldenes Schild, in das der Name »Snow« eingraviert war.

»Wie genau kann ich behilflich sein?«, piepste der junge Bibliothekar.

»Ich wollte fragen, ob vielleicht das Siegel aus einem eurer Bücher raugerissen wurde.« Cole überreichte Snow die Buchseite vom Tatort.

»Hmmm.« Snow betrachtete die Seite nachdenklich. »So eine Schande«, kommentierte die weiße Ratte das Stück Papier. »Das könnte quasi aus jedem Buch dieser Bibliothek herausgerissen worden sein.«

»Ja, das dachte ich mir bereits«, entgegnete Cole. »Könntest du mir dann vielleicht sagen, ob in letzter Zeit jemand besonders viel Interesse an Werken aus dem Kaiserzeitalter zeigte?«

»Kaiserzeitalter? So was liest doch niemand freiwillig. Heutzutage wollen alle nur noch Tom Black, Steph Greyson und was weiß ich denn lesen.« Snow kicherte. »Schade, dass mein Kollege Gareth heute nicht hier ist. Er ist sozusagen ein wandelndes Lexikon in Bezug auf das Kaiserzeitalter. Aber er ist auch schon die einzige mir bekannte Person, die derlei Literatur als spannend empfindet.«

Gareth? Mein Zimmerkollege Gareth?, dachte Cole, und plötzlich setzte sich ein Bild vor seinen Augen zusammen. Er verfiel in einen inneren Ermittlungs-monolog.

Wer war es, der sofort das Zeichen auf der Stirn der ersten Leiche erkannt hat?

Wer hat Agathyl den Untergang der Kaiserzivilisation erklärt?

Wer ist der einzige Kaiserliche-Geschichtsbücher-Freak, den ich kenne?

Wer scheint beinahe alles und jeden zu hassen?
Gareth.

Der Pfad des Auserwählten kehrt zurück

Bergsteigen war außerhalb der Traumwelt wesentlich fordernder, wie Agathyl feststellen musste. Irgendwie wirkte alles anders als in seiner eichhörnchenbedingten Traumsequenz. Immerhin entdeckte er den Pfad dank seiner jüngst angeeigneten Kartenkenntnisse recht flott.

Ein Buschmesser hätte auch einen durchaus brauchbaren Dienst verrichten können, denn es schien sich um einen nicht allzu stark frequentierten Weg zu handeln. Agathyl bog ein paar Zweige zur Seite und knickte die widerspenstigeren von ihnen fluchend ab. Die Rache der Natur folgte auf schnellem Fuß, und der größere Bruder der Zweige, ein ausgewachsener Ast, fand sich kurz darauf in Agathyls Gesicht wieder.

Es schickte sich nicht für einen naturverbundenen Jungen wie einen Gärtnerlehrling, die Natur zu hassen. Aber in diesem Moment verabscheute Agathyl die Natur einfach. Dann dachte er an Ynwa und dass er nur wegen dieses verdammten Baumes hier herumkletterte. Nun hasste er die Natur noch mehr.

Sein Gesicht sah aus, als hätte er eine äußerst kratz-
wütige Geliebte. Seine Hände glichen jenen eines
Mitglieds der Bergbaugilde. Agathyl musste an seinen
Vater und dessen kluge Sprüche denken.

»Ein Neximal kennt keinen Schmerz«, äffte er
seinen Vater genervt nach.

»Siehst du hier etwa irgendwo Fell?«, brüllte er sich
selbst an und legte demonstrativ seine Arme frei.

Monologe sind nie eine schöne Sache, sie
vermitteln einem das Gefühl der Einsamkeit. Noch
schlimmer ist es eigentlich nur, wenn man gar nicht
so einsam ist wie gedacht.

»Hallo«, wisperte eine niedliche Stimme.

Agathyl erschrak, wich drei Schritte zurück und
stieß sich den Kopf an einem Ast. Schon wieder.

»Ich habe auch kein Fell, ich habe ein Federkleid«,
fuhr die Stimme fröhlich fort.

Etwas benommen tastete sich Agathyl über den
schneebedeckten Boden. Eine verschwommene,
schwarz-weiß gefiederte Gestalt ragte vor ihm empor
und winkte lächelnd mit dem Flügel. Agathyls Blick
wurde klarer, und er erkannte einen Pinguin-Neximal.

»Hallo«, wiederholte das Vögelchen.

»Ähh, hallo«, entgegnete Agathyl, immer noch ein
wenig abwesend.

»Mein Name ist Sana. Wie heißt du? Ist dir etwa auch so heiß?« Die Pinguindame verbeugte sich vergnügt.

»Heiß? Hier oben liegt Schnee«, meinte Agathyl kühl.

Als er sich umsah, erkannte er, dass er das Ziel seiner Reise erreicht hatte. Den Gipfel. Vielleicht war sein Treffen mit dem Neximal-Mädchen kein Zufall.

War sie etwa der Grund, warum Agathyl hier hatte hochklettern müssen? Ich meine, es wäre doch sehr absurd, wenn er plötzlich einen riesigen Arm bekommen würde, nur weil er ihn von oben in den hohlen Berg hineinstreckte. Es musste also irgendetwas anderes auf dem Gipfel warten, etwas, was ihm bei der Lösung des Rätsels behilflich sein würde. Und möglicherweise war Sana die Antwort auf all seine Fragen.

Agathyl wurde schlagartig bewusst, dass ein etwas höflicheres Auftreten durchaus angebracht wäre. Immerhin könnte diese Begegnung über sein Schicksal entscheiden.

»Oh edler Geist der Vergangenheit. Vergib mir mein Ungestüm.« Agathyl senkte den Kopf.

»Du bist lustig«, kicherte Sana.

Der beschämte Junge war verwirrt. Was sollte das nun wieder bedeuten?

»Komm, ich helfe dir hoch.« Ein Flügel streckte sich dem verwirrten Jungen entgegen.

Langsam vermutete Agathyl, dass es sich bei diesem Aufeinandertreffen möglicherweise doch um reinen Zufall handelte. »Was genau treibst du hier?«, fragte er in einem Tonfall, der eher an den Beginn des Gespräches erinnerte.

»Sagte ich doch bereits. Mir ist heiß. Und hier oben liegt das ganze Jahr über Schnee.« Sana schien sich über ihre eigenen Worte zu freuen, so als wäre sie in einen ernsten Monolog vertieft und würde plötzlich von einer erfreulichen Wendung erfahren. »Ich bin beinahe jeden Tag hier.«

Agathyl musste sich eingestehen, dass man oftmals die sinnvollste Antwort erhielt, wenn man nach ihr fragte. Ein Pinguin-Neximal, der sich nach einem verschneiten, kühlen Plätzchen sehnte, machte eben durchaus Sinn.

Eines begriff der junge Abenteurer allerdings gar nicht: Wie genau konnte sie jeden Tag hier oben sein, wenn der Pfad so aussah, als hätte ihn seit mindestens einhundert Jahren niemand mehr betreten? Agathyl hatte aus den jüngsten Ereignissen gelernt und fragte einfach nach. Daraufhin erzählte ihm Sana von einer Treppe auf der Schattenseite des Berges. Agathyl betrachtete erneut die Spuren, die sein Aufstieg hinterlassen hatte, und konnte eine geringfügige Verschlechterung seines Gemüts feststellen.

Wenige Augenblicke später lachte er jedoch bereits darüber und genoss die nette Gesellschaft. Die beiden unterhielten sich eine gefühlte Ewigkeit. Irgendwann machten sie Agathyl zuliebe sogar ein kleines Lagerfeuer. Als die ursprünglich braunen Äste von einem glühenden Rot zu einem kalten Grau zerbröselten, verabschiedete sich Sana und hopste davon.

Agathyl näherte sich vorsichtig der Öffnung zum Bonsaiwald, immerhin sollte sich der Sturz aus seiner Vision nicht wiederholen. Er legte sich flach auf den Boden, um sein Gewicht bestmöglich zu verteilen, schüttelte kurz ungläubig den Kopf und streckte dann den Arm in den Abgrund. Wie so oft war es die absurdeste Variante, die sich schlussendlich als Wahrheit herausstellte. Sein Arm wuchs um ein Vielfaches und reichte nach wenigen Momenten bis zum Boden. Agathyl dachte sogar, er hätte einen erschrockenen Schrei von Rhys vernommen. Er griff nach einem Stein. Ein lautes Ticken signalisierte den Beginn seiner zweistündigen Frist. Anstatt der ursprünglich angenommenen harten Arbeit erforderte der Hausbau nun doch eher Fingerspitzengefühl. Achtsam stapelte er einen Stein auf den anderen. Das feuchte Moos, das auf den Steinen wucherte, schien Agathyls Mission auch nicht gerade zu vereinfachen.

Das Ergebnis war beeindruckend – beeindruckend unansehnlich. Auch wenn das Häuschen vermutlich selbst von einem Troll verschmäht worden wäre, für Agathyls rituellen Zweck dürfte es wohl reichen. Und so kam es dazu, dass der erschöpfte Gärtnerjunge kurz vor Sonnenuntergang die Arbeit einstellte. Gerade noch rechtzeitig, denn die zwei Stunden waren beinahe abgelaufen.

Der Abstieg von einem Berg ist für gewöhnlich ein Moment der Erfüllung und der Erleichterung. Das Ganze in dem Wissen zu tun, dass man anschließend den Berg in dessen Inneren wieder hinaufmusste, war eher ernüchternd. Zum Glück gab es diese fahrstuhlähnliche Konstruktion. Der Lorenaufzug beförderte Agathyl auf schnellstem Wege zu seinem Ziel. An der Pforte zum Bonsaiwald angekommen beschleunigten sich Agathyls Schritte, immerhin musste er seinen Preis für die bestandene Prüfung einfordern. Was jedoch viel wichtiger war: Er musste sein Werk aus der Nähe betrachten. Misstrauisch umkreiste er die instabil wirkende Konstruktion, bis sich seine Lippen zu einem stolzen Lächeln formten.

Es war jedoch kein gewöhnlicher Stolz, wie ihn Eltern für ihre Kinder empfanden oder dergleichen. Nein, es war Stolz abnormen, schier unbeschreiblichen Ausmaßes, beinahe wie das Gefühl des Triumphes, das ein Akademiker verspüren musste, wenn er das erste Mal eine gleichmäßig dicke Scheibe Brot abschnitt.

Zugegeben, bei einem schweren Unwetter würde sich wohl jeder Vernunftbegabte lieber gegen faustgroße Hagelkörner behaupten, als unter Agathyls Hütte Zuflucht zu suchen.

»Gute Arbeit«, meinte Ynwa.

Agathyl war niemals zuvor einem sarkastischen Baum begegnet.

»Du hast dir das Recht verdient, Ynwas Setzling zu pflanzen«, fuhr der ehrwürdige Baum fort.

Agathyl wollte nicht näher auf das unstimmige Verhältnis zwischen seinen Strapazen und dem Recht, als Gärtner einen Baum pflanzen zu dürfen, eingehen.

Ynwa gab einen tiefen, angestrengten Ton von sich. Der junge Bonsaigärtner konnte beobachten, wie sich an einem tieferliegenden Ast ein neuer Zweig bildete. Er kramte in seinen Gartenutensilien, bis er ein kurzes, scharfes Messer hervorzog. Präzise trennte er den Zweig vom Ast, steckte ihn in eine kleine Bonsaischale und bedeckte ihn vorsichtig mit Erde.

»Nun kann deine Ausbildung beginnen«, verkündete Ynwa feierlich.

»Wie bitte?« Agathyls Antwort klang ähnlich überrascht wie eine Katze, die soeben von ihrer bevorstehenden Pediküre erfahren hatte.

»Deine Ausbildung zum Auserwählten«, fuhr Ynwa etwas verwirrt fort.

»Ausbildung zum Auserwählten? Ich dachte, einer der Vorteile eines Auserwählten wäre die Tatsache, dass man nun mal bereits auserwählt ist. Wie soll man denn bitte zum Auserwählten ausgebildet werden?« Agathyls Tonfall glich nun jenem einer Katze während der zuvor angekündigten Pediküre.

»Du hast noch vieles zu lernen«, klärte ihn Ynwa auf.

»Ja, zum Beispiel alle Heilpflanzen und deren Wirkung. Und Magie, die darf natürlich auch nicht fehlen«, ergänzte der andere Stamm.

»Magie?« Agathyls katzenhafte Stimmungsschwankungen waren nun bei einem wohligen Schnurren angelangt.

»Selbstverständlich, mein junger Agathyl«, fuhr Ynwa fort. »Magie ist ein wesentlicher Bestandteil deiner Ausbildung.«

Agathyl merkte, wie geschickt Ynwa versuchte, ihn zu ködern, aber was sollte er schon großartig dagegen unternehmen? Immerhin funktionierte es. Und so erkannte der Junge, dass man selbst als Auserwählter ein Leben lang zu lernen hatte.

Das vorletzte Kapitel

Seitdem Cole vor sechzehn Tagen mit den Ermittlungen der Mordserie betraut worden war, waren die Monde der Nexusinseln bereits zweimal klagend vorübergezogen. Agathyls Setzling wurzelte bereits munter, zumindest soweit es die kleine Schale zuließ. Cole hielt vorerst an Gareths Unschuld fest, die Indizien sprachen jedoch allesamt gegen den rebellischen Bibliothekar. Ebenso hatte Cole bisher darauf verzichtet, Ambria und Agathyl in seinen Verdacht einzuweihen.

Ambria hatte sich inzwischen recht gut mit ihren Ziehkindern angefreundet. Zuletzt erfreuten sich die kleinen Geckos sogar an ihrem ersten Spaziergang. Reuben ließ es sich nicht nehmen, seinen Nachwuchs zu begleiten. Eine junge Zwergendame mit sechs Babygeckos an der Leine und einem ausgewachsenen Reitgecko im Schlepptau waren selbst auf den Nexusinseln kein alltäglicher Anblick. Ambria war mit dieser Situation ein wenig überfordert. Ständig zerrten die kleinen Ungeheuer in unterschiedliche Richtungen, wickelten die Leine um Ambrias Beine oder weigerten sich schlichtweg weiterzugehen. Sie war daher mindestens genauso glücklich wie die kleinen Echsen, als sie das Ziel ihrer Reise erreicht hatten. Furius, der Apfelbauer, begrüßte sie mit einem breiten Grinsen und einem frisch gebackenen Apfelstrudel.

Ja, es schien so, als wäre Ambria bei der Wahl ihrer Ausflugsziele nicht sonderlich einfallsreich. Furius zeigte sich jedoch für jeden Besuch dankbar, und für die Geckos war es wahrhaft paradiesisch. Sie konnten frei umherlaufen, die Schädlinge von den Pflanzen fressen, und die Beregnungsanlage der Plantage schmeichelte den Schuppen der Jungtiere. Es machte beinahe den Eindruck, als würden sie grinsen, während sie sich riesige Wassertropfen aus ihren Augen schleckten.

Furius freute sich merkbar über die Abwechslung in seinem sonst so kargen Alltag. Er verstand sich sogar so gut mit den kleinen Reptilien, dass er eines Tages vorschlug, eine Weile auf sie aufzupassen. Bevor Ambria einwilligte, bat sie noch Cole um dessen Einverständnis. Zum Glück gab es das inselübergreifende Rohrpostsystem. Anderenfalls hätte sie bis zum hohlen Berg zurückstapfen müssen, um Coles Erlaubnis einzuholen.

Zwei Stück Strudel später schoss ein Antwortschreiben durch das Rohr.

Jahre später versuchte Ambria sogar, Strudel als Zeitmaß einzuführen – neben den bereits vorhandenen Minuten und den Zigarettenlängen, versteht sich. Ihr Ansuchen wurde von Vertretern der Tabakgilde frühzeitig unterbunden, doch dies ist eine andere Geschichte.

Cole kannte Furius zwar nicht persönlich, aber er vertraute Ambria und immerhin war das Landleben auch für die Geckos ein willkommenes Abenteuer. Als Reittiere für die Wachen konnten die Kleinen ohnehin noch nicht eingesetzt werden, also würde wohl auch Sir Pratter keine Einwände haben. Der gestresste Ermittler erklärte sich daher mit dem Vorschlag einverstanden.

Mit einem Korb voller Äpfel verabschiedete sich Ambria von Furius und den Geckos, die ihr freudig ein letztes Mal über das Gesicht schleckten.

Als sie wieder am hohlen Berg angelangt war, begab sich die junge Zwergin zur Bibliothek. Wie Coles Antwortschreiben ebenfalls zu entnehmen war, wollte er etwas von ausgesprochener Wichtigkeit mit ihr besprechen.

Cole winkte Ambria zu sich an den Tisch. Agathyl war ebenfalls da und blätterte in einem Buch, das die

Aufschrift ›Zauberstabschnitzen für Dummköpfe‹ trug.

»Setz dich«, meinte Cole etwas abwesend.

»Also, was gibt's?« Ambria biss in einen Apfel und bot den anderen ebenfalls einen aus ihrem Korb an. Agathyl griff begeistert zu. Cole lehnte dankend ab.

»Ich glaube, ich habe die Identität des Mörders aufgedeckt«, klärte sie Cole mit ruhiger Stimme auf.

»Und? Wer ist es?«, kam es wie aus einer Büchse geschossen von den beiden anderen. Zudem schossen ein paar Apfelstücke über den Tisch.

Cole atmete tief ein und pickte das Obst aus seinem Gesicht. Man merkte deutlich, dass ihm die folgenden Worte nicht leicht über die Zunge glitten.

»Gareth.«

»Ist das dein Ernst?«, entfuhr es Agathyl. »Ich meine, ich weiß schon, dass ziemlich viel Druck wegen dieser Ermittlung auf dir lastet. Aber Gareth? Ich bitte dich.«

Cole erklärte ihnen seine Sichtweise in aller Ruhe, wies auf die gefundenen Indizien hin und bat seine beiden Freunde, genau darüber nachzudenken, ob es so nicht auch für sie Sinn ergebe.

»Ich sehe hierbei jedoch trotzdem keinerlei handfeste Beweise«, entgegnete Agathyl nach wie vor zweifelnd.

»Ich meine, Gareth ist ein ziemlicher Arsch, keine Frage. Aber ein Mörder?«, sagte Ambria überrascht.

»Wieso fragen wir ihn nicht einfach?« Agathyl war fest von Gareths Unschuld überzeugt.

Die Antwort auf seine Frage traf ihn in Form misstrauischer Blicke.

»Kommt schon, Gareth ist unser Freund«, versuchte Agathyl, sie weiter zu überzeugen.

»Nun gut«, lenkte Cole ein. »Wir suchen ihn, bringen ihn hierher und fragen ihn.«

An diesem Tag war Gareth, wie so oft in den vergangenen Wochen, nicht zur Arbeit gekommen. Sonst hätten die drei Juniorermittler wohl auch nicht sonderlich lange suchen müssen.

»In Ordnung. Ambria, du suchst in der *gemeinen Goldrute*. Du, Agathyl, siehst in unserem Zimmer nach, und ich höre mich bei einigen Informanten um, ob ihn jemand gesehen hat. Wir treffen uns dann in zwei Stunden wieder hier.«

Alle erklärten sich mit Coles Plan einverstanden und schritten hinfort zu ihren jeweiligen Ermittlungszielen.

Ambria freute sich auf den Besuch im Gasthaus ihrer Familie, auch wenn sie das nie zugegeben hätte. Ihre Aufgaben als Leihmutti der Geckos sowie der Alltag in der Gilde der anerkannten Hochwissen-

schaften hatten sie in letzter Zeit ganz schön einge-
spannt. Zu lange war es her, dass sie ihre Mutter in
die Arme geschlossen hatte. Coles Wachenkollege
Tim führte sich inzwischen auf, als würde ihm der
Laden gehören.

»Hey, nimm deine Füße vom Tisch!«, schrie er quer
durch das Lokal. Als er Ambria an der Tür erblickte,
veränderte sich seine Stimmung schlagartig. »Da bist
du ja wieder!« Der hochgewachsene Elf beugte sich
hinab und schloss Ambria mit tränenquellenden
Augen in die Arme. Seine langen, überstehenden
Augenbrauen kitzelten sie am Hals. Nicht ganz die
Umarmung, die sich Ambria erhofft hatte.

»Ist ja schon gut«, begrüßte sie Tim wie einen
treuen, mit dem Schwanz wedelnden Hund und
schob ihn mit beiden Händen von sich weg. »Wo
steckt denn Mama?« Ambria suchte vom Eingang aus
das ganze Gasthaus ab.

»Die wollte nur kurz was besorgen«, erklärte Tim
mit weinerlicher Stimme. »Die Kaninchenschenkel
waren aus, glaube ich. Aber jetzt setz dich erst mal.
Willst du vielleicht etwas trinken?«

»Ein andermal gern, aber heute hab ich's ehrlich
gesagt ein wenig eilig. Sag mal, hast du Gareth
gesehen?« Ambria war überrascht von Tims Aufdring-
lichkeit, immerhin hatten die beiden bisher kaum drei

Sätze miteinander gewechselt, und jetzt vermittelte Tim eher das Gefühl, als wären sie seit Kindheitstagen Freunde.

»Gareth?«, entgegnete Tim. »Nein, den hab ich schon ewig nicht mehr gesehen. Ist auch gut so, den Miesepeter brauche ich nun wirklich nicht in meinem … äh, diesem Lokal.«

»Danke … und pass weiterhin gut auf unser Lokal auf«, verabschiedete sich Ambria.

»Ich könnte echt etwas Schlaf vertragen«, flüsterte Agathyl. »Wenn Gareth nicht im Zimmer ist, lege ich mich einfach zwei Stunden ins Bett.« Er kicherte schelmisch vor sich hin.

Es war ihm durchaus wichtig, Gareths Unschuld zu beweisen, aber ein wenig musste er auch auf sich selbst achten. Er lauschte draußen im Flur an der Zimmertür. Es war nichts zu hören, und in freudiger Erwartung seines weichen Bettes stieß er die schwere Holztür auf.

Erschrocken wich er zurück. Von der Decke hing ein straffes Seil, an dessen Ende ein wild zuckender Gareth baumelte. Verzweifelt versuchte er, die Finger zwischen die Schlinge und seinen Hals zu bekommen.

Agathyl reagierte blitzschnell, schnappte sich den umgestoßenen Stuhl, stieg hinauf und zerrte wie verrückt an dem Strick, der sich einfach nicht lockerte. Er sprang vom Stuhl. »Hier muss doch irgendwo …«, schrie Agathyl, als er die Schubladen des Schreibtisches herausriss. Er durchwühlte den Inhalt und zog triumphierend eine rostige Schere hervor. Er klappte die Schere auf und sägte am Seil, bis Gareth endlich zu Boden krachte. Agathyl kniete sich neben Gareth und beendete schließlich dieses atemraubende Erlebnis.

Agathyls Gedanken setzten sich wie Puzzleteile zusammen.

Sämtliche Mordopfer waren stranguliert aufgefunden worden, und nun hatte Gareth an einem Strick gebaumelt. Das hieß, der Mörder könnte noch ganz in der Nähe sein. Instinktiv blickte sich Agathyl nach bedrohlichen Gestalten um, doch im Zimmer waren nur Gareth und er.

»Geht es dir gut?«, fragte Agathyl, am ganzen Körper zitternd.

»Ja … danke, Aga«, krächzte Gareth. Tränen schossen ihm in die Augen.

»Keine Ursache«, erwiderte Agathyl.

Keuchend lagen die beiden nebeneinander auf dem Boden, bis dieser Moment in einem hustenden Lachanfall ein Ende fand.

»Worüber lachen wir eigentlich?«, warf Agathyl irgendwann verwirrt in den Raum.

»Über das Leben«, entgegnete Gareth.

»Verdammt, ich muss los«, bemerkte Agathyl beim Blick auf seine Uhr.

»Los? Wohin denn?«, fragte Gareth. Er rieb sich räuspernd über den Hals.

»Ach, ist doch egal. Du ruhst dich erst mal ein wenig aus«, versuchte Agathyl, der Frage auszuweichen.

»Eigentlich könnte ich jetzt durchaus etwas Gesellschaft vertragen.«

Aus dem Mund des sonst so menschenscheuen Gareths klang das irgendwie seltsam. Agathyl begriff recht schnell, dass es ihm nicht gelingen würde, Gareth von dieser Idee abzubringen, und vielleicht war ein wenig Gesellschaft wirklich genau das, was Gareth jetzt brauchte. Außerdem gab es wohl kaum etwas, das Gareths Unschuld eindeutiger beweisen konnte, als die Tatsache, dass er beinahe selbst ein Opfer dieses Verrückten geworden wäre.

Sie machten sich daher gemeinsam auf den Weg zurück in die Bibliothek.

Ob Gareth seinen Angreifer wohl erkannt hat?, dachte Agathyl, empfand es jedoch für den Moment als etwas unsensibel, danach zu fragen.

»Du kommst gleich mal mit«, erschallte eine hohe Stimme, als die beiden die Bibliothek betraten. Auf Höhe seines Knies zerrte eine Winzlingsdame an Gareths Hosenbein. Dántine, die Gildenmeisterin der Bibliothekare, schien aus irgendeinem Grund sehr aufgebracht zu sein.

»Geh schon mal vor«, meinte Gareth und klopfte Agathyl freundlich auf die Schulter.

Dántine geleitete Gareth in ihr Büro und stieß mit ihrem Fuß die Tür hinter ihnen zu. »Was ist bloß los mit dir?«, fragte die Winzlingsdame mit strengem Blick. »Du kommst in den letzten Wochen kaum noch zur Arbeit, und wenn du da bist, scheinst du vollkommen ausgewechselt zu sein. Was ist mit dem selbstverliebten Angeber geschehen, den ich einst in unserer Bibliothek willkommen heißen durfte?«

Gareth wollte antworten, jedoch setzte Dántine ihre Ansprache bereits fort.

»Und was genau sind das für Male an deinem Hals? Du wolltest dir doch nicht etwa etwas antun?«

Gareth wartete kurz ab, ob seine Gildenmeisterin nun endlich fertig gesprochen hatte, und meldete sich schließlich zu Wort: »Ich halte die ganzen Leute einfach nicht mehr aus. Verstehen Sie mich nicht falsch, ich liebe die Arbeit hier, und die Bücher, die liebe ich auch, aber all die Idioten, die hier teilweise rumlaufen ... Ich kann einfach nicht mehr. Und dann hält mich jeder für einen abgehobenen Arsch. Selbst Sie fragen sich, wo der selbstverliebte Kerl geblieben ist. Alles, was ich mir wünsche, ist ein klein wenig Ruhe und dass mich die Leute verstehen und mich nicht immer wie irgendeinen Verrückten anstarren, weil ich anders bin.« Gareth hatte Tränen in den Augen, und seine ohnehin angeschlagene Stimme litt nun auch noch unter dieser Verzweiflung.

»Es macht keinen Sinn, dich von der Idiotie abzuwenden, denn dann drehst du dich nur im Kreis. Geh auf sie zu, und die Idiotie wird sich auflösen.« Dántine bewies, dass sie nicht ohne Grund der Gildenvorstand sämtlicher Poeten war. Es war seltsam, aber irgendetwas schienen diese Worte bei Gareth zu bewirken.

»Glauben Sie das wirklich?«, schluchzte er und wischte sich das Gesicht an seinem Ärmel ab.

»Das tue ich, und ich glaube auch an dich«, antwortete sie lächelnd und klopfte Gareth auf die herunterhängende Schulter.

»Ich werde Ihren Ratschlag beherzigen«, sagte Gareth. »Und morgen werde ich wieder zur Arbeit kommen. Und danke.«

Agathyl hatte die beiden anderen inzwischen in die Geschehnisse eingeweiht, zumindest wie es aus seiner Sicht geschehen sein musste. So war es wenig überraschend, dass Gareth bei seiner Rückkehr mit einem riesigen Haufen Mitleid und Umarmungen überschüttet wurde.

Gareth befreite sich händefuchtelnd von diesem Unheil. Er wünschte sich Verständnis und keine erdrückenden Freundschaftsbekundungen.

»Was treibt ihr eigentlich alle hier?«, fragte er in die Runde.

»Ach, weißt du …«, begann Agathyl verlegen.

Cole brachte ihn jedoch zum Schweigen und beschloss, die Sache selbst zu regeln. »Ich muss mich bei dir entschuldigen, Gareth. Ich hatte doch tatsächlich geglaubt, du wärst der Mörder, der hier sein Unwesen treibt. Niemals hätte ich damit gerechnet, dass du sein nächstes Opfer sein könntest. Es tut mir so unendlich leid.«

»Opfer? Was redest du denn da?« Gareth schien etwas verwirrt von Coles Entschuldigung.

»Äh, er hat doch versucht, dich zu erhängen«, entgegnete Cole, nun seinerseits verwirrt.

»Was für einen Quatsch habt ihr euch denn hier eigentlich ausgedacht?«, empörte sich Gareth. »ICH habe mir das angetan. Niemand sonst, nur ich.«

Gegen Ende hin wurde er immer leiser und senkte schließlich den Kopf. »Und bevor ihr auf weitere dumme Ideen kommt … nein, ich bin nicht dieser wahnsinnige Mörder, der hier rumläuft und wahllos Leute killt.«

Er stand kopfschüttelnd auf und verschwand zwischen den Bücherregalen. Kurz darauf kam er mit einer herausgerissenen Buchseite zurück, setzte sich wieder an den Tisch, zog ein kleines Döschen aus der Hosentasche und begann, Tabak auf die Buchseite zu streuen. Die anderen trauten ihren Augen nicht.

»Was? Ich hab meine Pfeife vergessen, außerdem hab ich das Buch vorher gelesen. Es war absoluter Schwachsinn und ist sicherlich kein Verlust.« Gareth schien wieder ganz der Alte zu sein.

Agathyl, Cole und Ambria flüsterten, deutlich hörbar, und planten ihre weitere Vorgehensweise. Sollten sie versuchen, herauszufinden, was Gareth zu diesem grauenhaften Schritt bewogen hatte, oder sollten sie ihn mit an Bord holen und sich weiter auf die Suche nach dem Mörder konzentrieren?

Irgendwann hatte Gareth genug von diesem absurden Schauspiel. »Lasst uns einfach diesen verdammten Mistkerl suchen«, meinte er und zwang sich ein Lächeln ab.

Die Bibliothek war spät abends kaum noch besucht, und daher war es wenig verwunderlich, dass sie inzwischen die einzigen Anwesenden waren. Gareth entfachte die improvisierte Zigarette und pustete den Rauch mit einem erleichterten Stöhnen aus.

Ynwas Erbe

»Feuer, Feuer!«

Laute Rufe drangen von draußen in die Bibliothek herein.

Die Tür sprang auf. Zwei Elfen und eine Kaiserliche wiederholten das Geschrei.

»Nur keine Sorge, das ist doch nur meine Zigarette«, meinte Gareth und blieb unbeeindruckt sitzen.

»Nein, ihr versteht nicht. Der hohle Berg, er brennt!«, schrie die Kaiserliche panisch.

»Was verdammt noch mal laberst du da?« Ambria war definitiv nicht in der Stimmung für derlei Scherze.

»Seht doch selbst«, versuchte einer der beiden Elfen, sie zu überzeugen.

Widerwillig erhob sich die Gruppe und folgte den Schreihälsen nach draußen.

Vor der Bibliothek herrschte ein unüberschaubares Treiben. In Scharen drängten sich die Bewohner des hohlen Berges in die einzige Richtung, die ihnen noch übrig blieb – nach oben. Der Selbsterhaltungstrieb brachte zum Teil die abscheulichsten Charakterzüge ans Licht. Es wurde gestoßen, Leute fielen zu Boden, wurden niedergetrampelt und hilflos zurückgelassen.

Der Anblick hinterließ bei jedem seine eigenen, deutlich merkbaren Spuren. Agathyl schien den Tränen nahe, Ambria fluchte lauthals über die fehlende Rücksichtnahme, und Gareth flutschte seine Zigarette durch die Finger. Cole behielt die Ruhe und verschaffte sich einen Überblick.

»Au, heiß, heiß, heiß«, ertönte es plötzlich vom Boden.

»Adam!«, rief Agathyl und half dem Neximal hoch, der sich klagend die Glut vom Fell wischte.

»Besten Dank! So viele Leute«, keuchte Adam.

»Gibt es denn wirklich keinen Weg nach draußen?«, fragte Cole und reichte Adam seinen Trinkbeutel.

»Nein, die Minen begannen plötzlich zu brennen, und die Flammen haben sich viel zu schnell bis hinauf zum Eingang ausgebreitet. Einige konnten, glaube ich, noch nach draußen gelangen, aber die meisten dürften wohl hier ihr Glück versuchen.« Adam deutete auf die tobende Menge.

»Agathyl, gibt es da oben noch einen Weg nach draußen?«, wandte sich Cole nun an seinen Zimmerkameraden.

Agathyl zuckte mit den Schultern und blickte abwesend auf den vorbeiziehenden Strom.

»Okay, wir müssen es wohl versuchen. Aufgepasst, Leute, wir werden uns bis zum Bonsaiwald durchschlagen. Achtet aufeinander und bleibt stets zusammmen.« Cole sah sich erneut gezwungen, die Rolle des Anführers an sich zu reißen. Doch seine Freunde schienen ihm dafür dankbar zu sein und folgten seinem Rat so gut wie möglich. Sie zwängten sich durch die Massen und kamen schlussendlich etwas mitgenommen von den Strapazen, aber wohlauf am Bonsaiwald an.

Im Wald tummelten sich bereits viele Flammenflüchtlinge. Selbst auf den Ästen der Bäume saßen einige Bewohner aufgereiht.

»Und du hast echt keine Ahnung, wie wir die Leute hier rausschaffen können?«

Agathyl kam nicht umhin, einen gewissen vorwurfsvollen Unterton in Coles Frage zu erkennen.

»Rhys«, murmelte Agathyl nachdenklich vor sich hin.

»Wie bitte?«

»Rhys!«, schoss es aus Agathyl heraus.

Wenn jemand wusste, wie man dem drohenden Flammenmeer entkommen konnte, dann war es Rhys. Agathyl vermutete ihn in Ynwas Nähe im

Zentrum des Bonsaiwaldes. Er gab Cole mittels Zeichensprache die Richtung vor, woraufhin ihnen dieser einen Weg durch die Menge bahnte.

Die zahlreichen Gesichter offenbarten eine breite Ausdrucksvielfalt. Manche waren tränengeflutet, andere ganz und gar apathisch. Doch hinter allen verbarg sich die Angst vor dem bevorstehenden Ende.

Cole rannte gegen eine Wand. Nun ja, es war nicht wirklich eine Wand. Es war ein Rücken. Ein äußerst harter, breiter und muskulöser Rücken. Cole rieb sich das schmerzende Gesicht.

»Hey, was fällt dir …? Ach, du bist es, Cole.« Vor ihm ragte die einschüchternde Gestalt von Nolan empor.

Der Troll begrüßte freundlich den Rest der Gruppe. Agathyl hatte sich bei Nolans Anblick bereits auf zahlreiche Kopfnüsse eingestellt, doch der Troll reichte ihm lediglich die Hand. Zugegeben, er drückte schon fester zu, als es für Agathyls Geschmack notwendig gewesen wäre, aber die Kopfnüsse blieben ihm immerhin erspart.

Während sie sich weiter in das Zentrum des Waldes vorschoben, berichtete Nolan ausführlich über seinen Alltag als Schmied. Damit begründete er auch, dass ihm die steigenden Temperaturen im hohlen Berg nichts anhaben konnten. »Wenn du mal zwölf

Stunden am Stück vor dem Schmiedeofen gestanden hast, machen dir ein paar Flammen nichts mehr aus«, erklärte er.

Agathyl zweifelte jedoch daran, dass Nolan ähnlich große Töne spucken würde, wenn die Flammen den Wald erst mal erreicht hätten.

Cole betrachtete jeden Kaiserlichen als potentiellen Mörder, und ebendieses Wissen machte den Streifzug durch die Menge zu einem äußerst merkwürdigen Erlebnis. Je weiter sie in das Innere des Waldes vordrangen, desto dichter waren die Bewohner aneinandergepresst. Selbst die Quelle rund um Ynwa wirkte wie ein Badesee am heißesten Tag des Jahres. Die wackeligen Häuser erfüllten offensichtlich ihren abschreckenden Zweck, denn die Insel, in deren Zentrum Ynwa thronte, war beinahe leer. Lediglich zwei Flüchtlinge hatten in Ynwas Krone Schutz gesucht. Der etwas korpulentere Rhys saß auf einem kräftigen Ast im unteren Drittel des dunkleren Stammes, während Snow hoch oben zwischen den Ästen hin und her sprang. Am anderen Ende der schmalen, hübsch verzierten Brücke, die zu Ynwas Insel führte, konnte sich die Gruppe endlich wieder frei bewegen.

»Rhys! Bin ich froh!«, rief Agathyl zu den Ästen hinauf.

»Ich auch, Kleiner«, entgegnete Rhys.

»Willkommen! Willkommen zum großen Finale!«, rief Snow von Ynwas Krone herab. Seine Stimme hallte durch den gesamten Wald. So ein lautes Organ hätte man dem Ratten-Neximal gar nicht zugetraut. Cole wunderte sich nicht weiter, kurz vor dem Tod verfällt doch jeder dem Wahn, manche eben ein bisschen früher.

Das Geräusch eines sich straffenden Seils ließ Agathyl zurückschrecken.

Vor ihm baumelte sein Freund, vor ihm baumelte sein Lehrer, vor ihm baumelte Rhys. Agathyl eilte zu ihm. Wenn er sich nur ein wenig höher strecken würde, könnte er Rhys vielleicht mit seinen Schultern stützen. Doch auch mit vereinten Kräften konnten sie ihn nicht erreichen.

Rhys' Körper tanzte ein wenig auf und ab, bevor er für immer zum Stillstand kam.

Agathyl krümmte sich am Boden, Tränen rollten über sein Gesicht und tropften hinab auf Ynwas Wurzelwerk.

Snow stand dort, wo eben noch Rhys gesessen hatte und kicherte, wie man es von einer Ratte erwarten würde. Erst jetzt erkannten Agathyls Freunde, dass all die Bewohner in den Ästen der anderen Bäume keineswegs freiwillig dort oben saßen. Nein, jeder einzelne hatte eine Schlinge um seinen Hals.

»Snow! Was ist bloß in dich gefahren?«, schrie Gareth seinen Bibliothekarskollegen an.

»Das ergibt keinen Sinn«, wiederholte Cole immer wieder. Er war sich so sicher gewesen, dass es sich bei dem Mörder um einen Kaiserlichen handelte. Was hätte ein Neximal davon, das Gildenregime zugunsten der kaiserlichen Nachfahren zu stürzen?

»Ist da jemand überrascht?«, begann Snow, der scheinbar Coles Gedanken lesen konnte. »Ich muss zugeben, als du zu mir kamst und mich über Bücher zum Kaiserzeitalter ausgefragt hast, musste ich mich sehr zusammenreißen. Am liebsten hätte ich damals bereits mit meinem ausgeklügelten Plan geprahlt. Schon seltsam, wie verwirrend ein winziges Zeichen auf der Stirn meiner Opfer sein kann. Und als ich dich auch noch auf Gareths Fährte gelotst habe …«

»Was sollte das dann alles?«, brüllte Cole.

Snow lachte. »Ach, das bisher war nur ein wenig Zeitvertreib, obwohl ich zugeben muss, es war schon ganz nett, die Morde den Kaiserlichen unterzujubeln. Außerdem musste ich doch irgendwie die Angst in euch allen schüren. Das eigentliche Spektakel begann allerdings erst, als ich die Minen in Brand gesetzt habe.«

»Das warst auch du?«, unterbrach ihn Ambria. »Bist du denn vollkommen verrückt? Wegen dir werden wir hier alle sterben!«

»Irgendwie musste ich euch schließlich alle hier hochbekommen. Und so gern ich euch jetzt alle Details verraten würde, ich habe noch ein paar Dinge zu erledigen.« Snow verabschiedete sich.

»Bleib hier, du Feigling!«, schrie Agathyl mit all seiner verbliebenen Kraft.

Der Neximal hopste jedoch vergnügt von Baum zu Baum und schubste Leute von den Ästen, die sogleich Rhys' Schicksal teilten.

»Agathyl«, sprach die tiefe Stimme Ynwas.

Doch Agathyl hörte nicht zu. Er wollte nur eines – Rache für Rhys. Er stürmte los. Als er die Brücke überqueren wollte, krachte er mit voller Wucht gegen eine grün leuchtende Aura, welche plötzlich die kleine Insel umgab.

»Hör mir zu!«, erklärte Ynwa traurig. »Ich weiß, was Snow vorhat. Er möchte mir das Herz brechen, und wir haben nicht mehr viel Zeit.«

Agathyl hätte ja viele Gründe hinter diesem Wahn vermutet, doch mit Sicherheit nicht die gescheiterte Liebe zwischen einem Baum und einem Neximal. Ein peitschender Ast unterbrach seine Vorstellung.

»Agathyl, hör auf mit diesen unsittlichen Gedanken«, meinte Ynwa harsch. »Einst gab es zahlreiche Ahnenbäume, die als Versiegelung der Ahnendimension dienten. Sie sollten die Ahnenwesen für alle Zeit in ihrer Dimension gefangen halten. Diese Siegel liegen tief in den Herzen der Ahnenbäume. Fällt man einen Baum oder bricht diesem das Herz, so fällt dies nicht weiter ins Gewicht. Immerhin reicht ein Baum aus, um das Siegel aufrechtzuerhalten. Nun sind wir, der ehrwürdige Ynwa, jedoch der letzte verbliebene Ahnenbaum. Wenn unser Herz bricht, wird das Siegel brechen, und die Legion der Ahnenwesen wird entfesselt werden, um die freien Völker der Nexusinseln erneut zu unterjochen.«

Angesichts des Zeitmangels hatte Ynwa überraschend viel Zeit für ausführliche Erklärungen.

»Dann müssen wir doch einfach nur verhindern, dass Snow an dein Herz rankommt«, brachte sich Cole ein.

»So einfach ist das leider nicht. Gewöhnliche Waffen und direkte Gewalteinwirkung können unserem Herzen nichts antun. Führt man uns jedoch solch abscheuliches Grauen vor Augen wie den Tod all dieser Leute, dann wird unser Herz unausweichlich brechen. Es ist bereits zu spät, um es aufzuhalten. Wir können nur noch versuchen, den Schaden möglichst gering zu halten.«

»Was sollen wir tun?«, fragte Agathyl entschlossen.

Ynwa verfiel in ein meditatives Schweigen. Dies erbrachte erneut den Beweis, dass Zeitmanagement und das Dasein als Baum nicht unbedingt die beste Kombination darstellte.

»Hallo?«, versuchte Agathyl, auf sich aufmerksam zu machen.

»Ist er vielleicht eingeschlafen?«, warf Gareth ein, der sich nicht ganz sicher war, ob Bäume überhaupt schlafen konnten.

In Momenten der Stille schreitet die Zeit langsamer voran. So fühlte es sich an, als wären bereits Stunden vergangen, bis sich Ynwa endlich wieder zu Wort meldete.

»Kniet nieder.«

Der Gruppe war nicht wirklich bewusst, wie ihnen das weiterhelfen sollte, aber sie befolgten Ynwas Anweisung. Anschließend rief er jeden einzeln zu sich.

»Ambria.«

Die Zwergendame trat vor.

»Dir vermachen wir Ynwas Harzrune, mögest du sie nutzen, um all die Geheimnisse der Nexusinseln zu lösen.«

Ein faustgroßer Harztropfen fiel von Ynwas Stamm und verhärtete in Ambrias Händen zu einem Bernstein.

»Nolan.«

Der Troll richtete sich auf.

»Dir vermachen wir Ynwas Rindenschild, mögen zahlreiche Leben durch seine schützende Aura gerettet werden.«

Ein schildförmiges Rindenstück schwebte herab.

»Cole.«

Der Elf stand stramm, beinahe so, als wolle er vor Ynwa salutieren.

»Dir vermachen wir Ynwas Wurzelschwert, mögest du damit alle Feinde der Freiheit niederstrecken.«

Eine erstaunlich scharfe Wurzel schoss aus dem Boden.

»Adam.«

Der Neximal bürstete sich mit seinen Krallen die Erde von den flauschigen Knien.

»Dir vermachen wir Ynwas Blütenkochlöffel, mögen deine Speisen die Beschwerden des Volkes lindern.«

Eine Blüte an einem grünen Ast glitt in Adams Finger.

»Gareth.«

Der junge Kaiserliche wirkte beinahe euphorisch.

»Dir vermachen wir Ynwas Blattfeder, mögest du Geschichte schreiben.«

Ein Blatt, dessen Stängel zugespitzt war, segelte herab.

»Nun zu dir, unser lieber Agathyl.«

Der Mensch versuchte noch immer, Herr seiner Gefühle zu werden, und wischte sich ein paar letzte Tränen aus den Augen.

»Dir vermachen wir Ynwas Knospenstab, möge er all die Magie versprühen, die wir dir nicht mehr beibringen konnten.«

Ein Stab, der Agathyl etwa bis zur Schulter reichte, fiel vom Baum. An seiner Spitze saß eine Knospe, die einen schimmernden Nexuskristall in sich eingeschlossen hatte.

Während sich Gareth und Adam darüber stritten, wer von den beiden die unnützere Reliquie erhalten hatte, ergriff Ynwa abermals das Wort: »Nun geht. Ich kann diesem Leid nicht mehr lange standhalten.«

»Gehen? Wohin?«, entgegnete Ambria.

»Die Antwort darauf hältst du bereits in deinen Händen.«

Mit diesen letzten Worten ließ Ynwa seine Äste kraftlos herabhängen und löste die schützende Aura auf.

Die Gruppe rannte über die Brücke, ziellos, aber fest entschlossen, sich nicht dem Unausweichlichen zu ergeben. Die Flammen hatten den Bonsaiwald inzwischen erreicht und loderten gierig nach den Bäumen. Cole und Agathyl stürmten los und konnten noch einige Bewohner vor dem Schicksal des Strickes und des Feuers bewahren.

Ambria blieb als Einzige wie angewurzelt stehen und starrte die Harzrune in ihren Händen an.

»Die Antwort darauf halte ich also bereits in meinen Händen«, murmelte sie verwirrt. Dann brüllte sie Ynwa an: »Was soll das bedeuten?«, und trat gegen seinen Stamm. Der Ahnenbaum blieb stumm. Erbost schleuderte sie die Harzrune über das Gewässer. Sie bereute ihre Tat bereits, als die Rune durch ihre Finger glitt.

Das bernsteinfarbene Wurfgeschoss knallte gegen einen Stein. Ambria hechtete verzweifelt hinterher. Die Rune schien unversehrt, doch nicht unverändert. Ein weißer Lichtkegel erhellte die Umgebung und spaltete sich am Ende in alle Spektralfarben auf. Der Lichtkegel wuchs stetig weiter und nahm immer mehr Gestalt an. Das Farbenspiel verschmolz zu einem kaleidoskopartigen Wirbel. Nun erkannte Ambria die wahre Gestalt der Harzrune. Die Rettung, den

Ausweg aus diesem unaufhaltsamen Flammenmeer – ein Portal.

»Hier rüber!«, wies sie alle in Hörweite an.

»Zu spät!«, rief Snow kichernd von einem Baum herab und zeigte auf Ynwa. Die Stämme bohrten sich in den Boden, Ynwas kristallenes Herz pulsierte in einem bedrohlichen pinken Farbton und zerbarst schließlich mit einem trommelfellspaltenden Donner in Tausende Splitter.

Ynwas Herz war gebrochen.

Die Fragmente verschmolzen zu einem dunkel glühenden Riss, der wie ein gigantisches Astloch aus Ynwas Stamm brach.

»Beeilung, Leute!«, schrie Ambria, so laut sie konnte. Die Zwergendame hielt am Portal die Stellung und scheuchte einen nach dem anderen hindurch. Sie hatten zwar keine Ahnung, was sie auf der anderen Seite des Portals erwarten würde, aber viel schlimmer als hier konnte es wohl kaum sein.

Nolan und Adam lotsten die weiter entfernten Bewohner in Richtung des potentiellen Auswegs.

Gareth und Cole versuchten, den Verletzten und Bedürftigen bestmöglich unter die Arme zu greifen.

Agathyl verfiel indessen, nahe der sich ausbreitenden Flammen, in einen Motivationsmonolog.

»Du schaffst das«, wiederholte er immer wieder.

Er schwang seinen hölzernen Stab und – nichts geschah.

»Du schaffst das«, begann er erneut und umgriff den Stab noch fester.

Abermals kein sichtbarer Erfolg.

»Du schaffst das. Du schaffst das.«

Er erinnerte sich an seine Reise auf der *Maturitas* und das Gefühl der Selbstermächtigung, das er damals an der Reling verspürt hatte.

»Du schaffst das.«

Funken sprühten aus der Knospe des Stabes.

»Du schaffst das!«, brüllte er.

Der hohle Berg bebte. Brocken rieselten von den Felswänden herab und dämmten den Brand vorerst ein.

»War doch ein Kinderspiel«, freute sich Agathyl.

»Das ist ja großartig«, kicherte Snow. Eine grinsende Fratze breitete sich auf dem Gesicht der weißen Ratte aus. Der Grund hierfür schien der inzwischen weit aufgerissene Spalt in Ynwas Rinde zu sein. Spitze Krallen schoben ihn von innen immer weiter auf und offenbarten ein Paar bedrohlich rote Augen.

»Das sind die Letzten«, stöhnte Nolan, als er eine weitere Gruppe zum Portal führte.

»Okay, jetzt ihr«, befahl Ambria ihren Mitstreitern.

Nolan und Gareth schlüpften durch das Portal.

»Ahhhhh«, schrie Agathyl auf.

Ausgerechnet sein eigenes Steinhäuschen war zusammengebrochen und hatte den Arm des jungen Magiers unter den Trümmern begraben.

»Geh voraus. Ich komme gleich mit Agathyl und deinem Runendingens nach«, versicherte Cole Ambria.

»Versprich es«, flehte Ambria ihn an.

»Versprochen! Und jetzt geh.«

Ambria schritt rückwärts in das Portal. Ihre Umgebung verschmolz zu einem bunten Farbenkarussell. Alles drehte sich, bevor sie plötzlich hart aufschlug und es dunkel wurde.

Cliffhanger voraus?!

Schlürfende Geräusche drangen tief in Ambrias Unterbewusstsein, bis sie schließlich von etwas Feuchtem und Rauem geweckt wurde.

»Hallo, Kleine«, sagte sie abwesend zu einem der Babygeckos.

Es dauerte noch eine Weile, bis sich Ambrias Verwirrung legte und sie Furius' Apfelbaumplantage um sich herum erkannte.

Überall kauerten erschöpfte Gestalten. Umrisse von Leuten, die sie gerettet hatte. Einige untersuchten sich gegenseitig nach Verletzungen, spielten mit den Geckos und erfreuten sich ihres Lebens.

Furius rannte abgehetzt, aber lachend umher und begrüßte jeden Einzelnen mit einem Glas trüben Apfelsaft. Derart geballte Freude ließ die Schrecken der vergangenen Stunden beinahe in Vergessenheit geraten.

Ambria hievte sich hoch.

»Alles klar bei dir?«, fragte Gareth, der an einem Apfelbaum hinter Ambria lehnte.

»Denke schon«, meinte sie und fuhr sich durchs Haar.

In der Ferne sahen sie den hohlen Berg, der heute mehr denn je einem Vulkan ähnelte. Die abgebrochene Spitze qualmte, und die vielen kleinen Fenster ließen einen Blick auf das lodernde Feuer zu.

Und da, nicht besonders weit von ihr, war das Portal, das heute so vielen Leuten das Leben gerettet hatte.

»Das Portal!«, erschrak sie. »Es ist noch immer offen.«

Sie wusste, was das zu bedeuten hatte. Der Runenstein war noch aktiv. Und wenn der Runenstein noch aktiv war, dann waren Cole und Agathyl …

Sie sprang auf und rannte zum Portal. Irgendwie musste sie den beiden doch helfen. Sie atmete tief ein und sprang. Doch sie landete nur etwa einen Meter hinter dem Portal, als wäre dieses gar nicht da gewesen. So als ob es sich um eine schlichte Lichtspielerei handelte.

»Funktioniert nicht«, erklärte Gareth gelassen. »Adam wollte vorhin auch schon zurück. Der Idiot hat seinen Kochlöffel vergessen.«

»Aber wir müssen ihnen helfen!«, schrie Ambria hysterisch.

»Helfen? Wem denn?«

»Agathyl und Cole sind noch da drinnen!«

Es folgten ein paar Flüche seitens Gareth, die ihn nicht mehr ganz so unberührt wirken ließen.

Der schwere Felsbrocken hatte es sich inzwischen äußerst gemütlich auf Agathyls Arm gemacht. Cole zerrte wie verrückt, mit überschaubarem Erfolg, denn der Felsen bewegte sich kein Stück.

»Du musst mich hierlassen«, flehte Agathyl ihn ruhig an.

»Keine Chance«, meinte Cole und wischte sein verschwitztes Gesicht in ein schmutziges Tuch.

Ebendieses Tuch sollte Jahrhunderte später eine der wertvollsten Reliquien der Nexusinseln darstellen, aber dazu ein andermal.

Cole versuchte es weiter, indem er nun Agathyls Arm packte und daran zog. Doch die einzige Reaktion darauf waren Agathyls schmerzerfüllte Schreie.

Als die Hoffnung zu schwinden schien, fiel Coles Blick auf die mögliche Rettung – Adams Kochlöffel. Um das Klischee vollends zu erfüllen, war dieser in strahlendes Licht gehüllt und dadurch unübersehbar.

Cole stürmte dem Strahlen entgegen, schnappte den Blütenkochlöffel und schob ihn unter den Stein. Es war äußerste Vorsicht geboten, schließlich wollte er Adams Reliquie, die ihm anscheinend so wichtig war, dass er sie einfach hier hatte liegen lassen, nicht durch unachtsame Gewaltanwendung zerstören. Nach einigen zaghaften Versuchen gelang es Cole, Agathyl mithilfe der Hebelwirkung zu befreien. Bedeckt von Blut, Schweiß und Tränen stürmten sie zum Portal, doch es war zu spät. Ihr Fluchtweg fiel in sich zusammen und verschlang den Runenstein.

Der magische Harzklumpen bahnte sich den Weg zurück zu seinem Besitzer. Ambria fing ihn mit ihrer Hand auf und sank dort zu Boden, wo gerade noch der Hoffnungsschimmer des Portals geleuchtet hatte.

In ihrem Kopf setzte sich eine Idee zusammen. Sie sprang vor Motivation strotzend auf.

Jetzt, da sie die Harzrune wiederhatte, konnte sie doch mit Sicherheit erneut ein Portal öffnen, und mit viel Glück würde dieses in den hohlen Berg zurückführen. Dann müsste sie nur mit der Rune hindurchgehen, auf der anderen Seite erneut ein Portal öffnen, und schon wären alle gerettet.

Entschlossen warf sie die Harzrune ein paar Meter weit weg.

Nichts geschah.

Sie hob die Rune wieder auf und betrachtete sie etwas genauer, daraufhin erkannte sie einen langsam verschwindenden Kreis. Dieser ähnelte einer Uhr, nur ohne Zeiger, und schien die verbleibende Zeit bis zur möglichen Wiederverwendung anzuzeigen.

»Ernsthaft, das Ding hat ein Cool-down?«, schrie sie und warf die Rune dem nächstbesten Troll ins Gesicht.

Cole und Agathyl eilten nervös umher, so nervös, dass sie Snow gänzlich vergessen hatten. Die Geschichte lehrt uns, wenn es etwas gibt, das Bösewichte unter allen Umständen vermeiden möchten, dann ist es wohl, in Vergessenheit zu geraten.

»Hey, ihr da! Habt ihr etwa eure Mitfahrgelegenheit verpasst?«, rief Snow, schadenfroh kichernd.

»Und wie genau kommst *du* hier raus?«, konterte Cole.

Snows Reaktion verriet, dass er darüber wohl selbst noch nicht nachgedacht hatte. »Wisst ihr, meine Arbeit ist getan. Die Ahnen sind frei«, versuchte der Neximal, vom Fehlen eines Fluchtplans abzulenken.

»Was soll dieser ganze Ahnen-Schwachsinn eigentlich?« Cole konnte durchaus ein wenig Ablenkung gebrauchen.

»Schwachsinn?!« Snow war außer sich. »Das ist kein Schwachsinn. Seit Anbeginn der Tage wird mein Volk schikaniert, weil wir klein sind, weil wir flauschig sind oder vielleicht weil wir einfach so viel klüger sind …

klüger als ihr alle. Man sperrte uns in Käfige zur Belustigung von Kindern – *sieh mal, Mama, eine riesige, sprechende Ratte, hihihi.* Und dann dachte dieser dumme Kaiser, er könne einfach alle für gleich erklären und die Sache wäre erledigt. Selbst wenn man uns jetzt nicht mehr in Käfige sperrt, starrt man uns dennoch an, als wären wir irgendwelche minderwertigen Kreaturen.«

Er holte tief Luft und wollte soeben zur Fortsetzung seiner Ansprache ansetzen, als hinter ihm ein schauderndes Gelächter ausbrach.

Alle drei wirbelten herum und starrten zum Dimensionsriss inmitten Ynwas Herzens. Sie konnten nichts Konkretes erkennen, aber irgendetwas bewegte sich hinter dem dunklen Portal. Keiner wagte es, auch nur ein Wort von sich zu geben. Nur das Feuer knisterte munter weiter.

Und dann, urplötzlich, schnellte eine dunkle Schattenhand aus dem Riss, schlug wild um sich und packte die weiße Ratte an ihrem Schweif. Schreiend wand sich Snow und versuchte, seinem drohenden Schicksal zu entfliehen. Doch der Schattenarm zerrte die piepsende Ratte mit sich in die dunkle Dimension der Ahnen.

Cole und Agathyl wichen zurück, bis sie die Wärme des Feuers an ihren Hinterteilen spürten.

Abwechselnd blickten sie sich gegenseitig und den Riss der Dimensionen an, hinter dem noch immer bedrohliche Dämonenaugen lauerten.

»Wir haben wohl keine andere Wahl«, sagte Cole und versuchte, zuversichtlich zu wirken.

Agathyl lächelte, und die beiden verschwanden im dunklen Schimmer, bevor sich hinter ihnen auch dieses Portal schloss.

Aber ihr wisst ja, wenn auf der Welt eine Tür zugeht …

… hat sich irgendjemand ausgeschlossen.

ENDE

Ein welkes Blatt, es fällt vom Stamm,
ob ich es wohl fangen kann?
Doch jeder Versuch, es wiederzubeleben,
würde doch nur Brösel in der Hand ergeben.

Gareths Gedankengang über Ynwa, kurz nach den jüngsten Ereignissen.